GAEA

Gaea

憨慢王爺

Hân bān ông iâ

王幼華——著

憨慢王爺

—目錄—

本書内容皆為虛構

自序

我從小是個愛聽故事的孩子，年長之後變成一位愛說故事的大人。台灣的宮廟是有非常多歷史故事和神蹟的地方，祂們所「產出」的各種精彩傳奇，非常令人著迷。每次到不熟悉的市鎮、鄉里，有機會就會到宮廟參觀，一面禮敬一面請教宮廟的源流和靈驗故事。有時候也會專程去拜訪知名的宮廟，參加他們舉辦的節慶儀式，感受大廟的風采。在探訪與禮拜的過程中，不時會有靈感的映現，讓身心有著驚異、肅穆、懺悔等等複雜的反應。在遭遇到家庭、事業、疾病的困境時，也會去虔誠敬拜，請求指點迷津。

在某次機緣中，我去到一間很特殊的宮廟，這間廟的主神是一尊來歷不明的王爺，祂的造型很特殊，雕刻得比較粗糙，由外型看不出來是哪一類的王爺。這宮廟之所以興盛起來，主要是大家樂風行時代，這流浪來的王爺報的號碼相當準確，一時間造成很大的風潮，於是虔誠的信徒們便聚資蓋了一間廟，讓祂受到很大的尊崇。很幸運的，在愉快的閒聊之後，廟方執事同意讓我瞻仰本尊。他引導我去到後廂房，那是間小小的房間，在一張黃楊木的供桌上，王爺被放置在一座玻璃櫃中。櫃子上方左右角掛了紅布條，小小的香爐發出檀香的煙味，祂很安穩地坐在那裡。我頂禮致敬後，很認真地觀察，希望能看出祂究竟是哪一方的神尊，動了凡心，降來此地濟世渡人，想要解開祂的身世之謎。然而在此之際，不可思議的事情發生了，王爺忽然嘴角牽動，微笑了一下；在那瞬間，我也不自覺地莞爾以對。廟方執事似乎也看到這個奇蹟，但只是驚訝地看看神像再看看我，沒有說什麼。

離開這座宮廟之後，我便有了寫下憨慢王爺故事的想法，醞釀沒多久便動筆了。奇異的是一開始寫，諸多因緣便陸續來到，曾經經歷過的體驗不斷浮現，心靈之中充滿了豐富多彩的奇幻感，於是這部作品就這樣誕生了。

憨慢王爺

1 樂天宮的老仙覺

花麒麟騎著吱吱作響的腳踏車，由老宅的三合院出發，騎到溪水里一鄰的水頭仔土地公廟，停下車，拜了拜，再騎車沿著六公尺寬的道路，由一鄰騎到八鄰。這一帶的房子大多都是磚瓦屋，上次道路拓寬，很多房子被削去部分，原來的住房有如開腸破肚般地裸露出來，屋主也沒在管，看起來很像廢墟。因爲已沒人居住，有幾間的屋頂塌陷，裡面的鹿仔樹和雜草長得比人還高。屋子後面都是水稻田和竹林，因爲都市計畫，道路還要再拓寬，已經禁止蓋新房子多年。花麒麟住的老宅也是這樣，因兄弟姊妹意見不一樣，就放著沒在管了。騎了一段路之後，轉入一條三公尺寬的路，過了通天溪上的彼岸橋，來到樂天宮。

樂天宮大概只有十一、二坪，形式是常見的硬山屋脊加平頂拜亭，正屋脊兩邊微微翹起，屋子是磚造的，拜亭則是後來用水泥增建的。正面掛了一個匾，寫著「樂與天通」四個字。磨石子神龕上供著王爺神像，兩旁立著桃形紅燈、一座褐色筒狀小香爐、三個陶瓷杯，最旁邊是一對半尺高的陶瓷花瓶。神龕前是一張木製方桌，擺供品、金紙等等，桌子旁有兩條木板凳、幾張圓木椅。宮廟的左側有座漆成紅色的葫蘆形金爐，正前方是一座四方鼎形式的香爐。右手邊還有一個六層櫃子，裡面擺滿大大小小、五顏六色的善書，免費讓人取閱。

附近有幾排竹林、一些相思樹、台灣欒樹，地上則長了很多牛筋草、碎米莎草、鯽魚草、芒草。鳥、雀很多，傍晚則有蝙蝠成群的在空中飛舞，捕捉蚊蟲。有幾隻貓、狗常在宮裡進進出出，算是樂天宮飼養的家畜。

樂天宮正好有兩位老先生在，花麒麟把腳踏車停下，踢下支架，向前打招呼。他從小就跟媽媽來這間宮廟，認識這兩位阿伯，他們頭髮花白，皮膚滿是皺紋，看起來都有七、八十了。瘦一點、穿暗紅色台灣衫的是阿棟伯；肚子大大、穿白色汗衫的應該是許老仙。

「勢早。」

「勢早。」許老仙回應了一聲。

「你就是那個花錦添的公子。」阿棟伯雙手扠在腰上問。

「是是是，阿棟伯、許阿伯你們還記得我嗎？」

「說實在不記得啦，面熟、面熟，你媽媽寶珠喔，我是很清楚。」許老仙說。

「有啦，我常常有回來給憨慢王爺過生日，前幾年比較忙，卡少過來。」花麒麟點點頭說。

「長得有像媽媽，皮膚卡白，頭髮黃黃紅紅。」阿棟伯說。

「人家講有荷蘭種就是。」許老仙說。

「哈哈，有可能歐。」花麒麟摸摸頭髮說。

「寶珠有長這樣嗎？敢是有染過？」許老仙說。

「絕對沒有，如假包換。」花麒麟昂起下巴說。

「伊不是寶珠生的。」阿楝伯說。

「這樣啊，這樣我知道，莫怪！移花接木。」許老仙恍然大悟的樣子。

「我想起來了，你就是那個賣什麼夫人香檳那個有名的，厝邊隔壁都在說你喔。」

阿楝伯說話的聲音有點喘，臉上很多汗，感覺身體有點虛。許老仙的臉倒是紅紅的。

「你也知道，不是我賣啦，我只是幫老闆做廣告而已。」花麒麟搖搖手說。

「做廣告？聽說那個香檳賣得很賺錢啊，以前都很多人拿來這邊拜王爺，後來才知道是假酒。」許老仙說。

「不是假酒啦，只是有加一些香料而已，加一點色素，那些東西人都可以吃，沒問題。」

「眞夭壽！怎麼很多人說是假酒。」許老仙說。

「沒有人喝到生病和死掉的啊，有嗎？」

「對齁，報紙也沒有說有人死掉，三人成虎，只是說你們那個裡面有加什麼東西而已。」許老仙說。

「現在哪一個食品沒有加東西？哪一個飲料沒有加東西，多多少少啦。我們只是老闆得罪人，產品賣太好，讓人不高興，生意競爭啦。」

「這樣講也有道理，你回來就住老家齁，有時候會騎車到我們這邊對嘿？」阿棟伯說。

「是啊，回來靜養了，身體沒有很好。」

「哈哈！錢賺太多就是這樣啊，身體一定會搞壞對不對，沒什麼了不起，我年輕也這樣，喝酒、賭博、玩女人，身體壞掉才會想。」阿棟伯一面笑一面喘著說。

「沒有啦，我沒有那麼厲害。」

「其實後來想一想，我們都是被女人玩，哪有玩女人。」阿棟伯扶著腰，下巴後仰說。

「阿棟伯說話很趣味。」

「開那麼多錢，說起來只是爲了那一泡而已啦，沒有那一泡就不會想了。」阿棟伯說。

「阿棟伯說得太深了，我聽不懂。」

「不要假了啦，我看你的樣子就是很內行啦。」阿棟伯說。

「阿棟伯是老先覺，我要跟你學很多。」

「臨老入花叢，這個老不修，太愛搞，腰子壞掉，報應來了。」許老仙說。

「你還講我，自己跑去大陸找女人，在廣東被公安抓到，護照還蓋『嫖客』。」阿棟伯說。

「伊娘的，嫖客啦！什麼婊客，發音正確一點，名不正言不順。」許老仙說。

「好啦、好啦，嫖——客。」

「現在在做什麼?」許老仙問花麒麟。

「沒有做什麼工作啦,有時要上法院,在家接一些工作,做文書,加減賺。」

「上法院常常有的事,不稀奇,我像去走灶腳一樣。做文書歐?」許老仙說。

「老仙田喬仔啦,他家土地幾百甲,現在又幫人牽猴仔,常常有糾紛給人告。」阿棟伯說。

「哇,有錢人。」花麒麟羨慕地說。

「這樣的話,有閒來幫我們憨慢王爺工作。」阿棟伯說。

「好啊,有空的話我會過來,阿棟伯、許阿伯也來我那邊坐一坐。」

「對了,你賣那個叫作什麼夫人香檳?」許老仙問。

「查泰萊夫人香檳。」

「查某人香檳。」許老仙說。

「差不多啦。」

「酒瓶上有畫一個外國女人,金頭髮,皮膚白,奶很大,外國月亮比較圓。」許老仙說。

「甜甜的啦,不好喝,內行人不要喝那一種,是說婚喪喜慶大家加減喝啦,聽說賣得很好,每一間籤仔店都有。」阿棟伯搖搖頭。

「對對對，便宜又大碗，也有高級的啦，一瓶要一萬。」

「純的？」阿棟伯說。

「對！純的才那麼貴。」

「對啊，我還聽說你們兄弟姊妹都有在玩股票啊，玩期貨，有賺齁？你那幾個兄弟姊妹都在市內買房子，開賓士車喔！」許老仙說。

「沒有啦，賺錢也吵，賠錢也吵，很早就各做各的啦，他們比較會賺，我還欠很多錢。」

「寶珠死掉多年啦，你爸爸現在在哪裡？」阿棟伯說。

「養老院，兄弟姊妹會輪流去看他。」

「現在都是這樣，我也快要去了。」阿棟伯說。

「你啦，我還早。」許老仙說。

「不要鐵齒。」阿棟伯說。

「不會啦，你們身體看起來很好。」

「對，還沒問你大名，等下留個手機。」許老仙說。

「好好，我叫花麒麟。」

「麒麟？不是叫良什麼？花良鳳、花良龍、花良駒，不是有排行？」許老仙說。

「他比較特殊，後來才回來的。」阿棟伯說。

「歐，這樣……我了解，阿嬌生的嬰仔，庶出不是嫡傳。」許老仙說。

「寶珠很大量。」阿棟伯說。

「嘿嘿嘿，阿棟伯知道。」花麒麟覺得身體在冒汗，胃有點抽搐。大約在花麒麟四、五歲時，有市內第一名女人稱譽的母親阿嬌看破紅塵，出家爲尼，報紙、雜誌都有報導，轟動一時。

「知道啦，我跟你老爸是酒友，你媽媽阿嬌是大美人，皮膚白白，紅牌的，只是命不好，太痴情。」阿棟伯說。

講到這個，花麒麟有點侷促不安。

「聽說還在，自己在開壇說法，信徒不少歐。」阿棟伯說。

「有影無影？你這個人齣，心很歹。」許老仙說。

不知道是眼花，還是恍神，花麒麟看到神龕上的憨慢王爺，跟他眨了眨眼。甚至，旁邊的一條黃色夾雜黑條紋的大狗，也咧嘴朝他笑了笑。

「有關心啦。」說完，阿棟伯張口打了一個很大的呵欠，眼眶裡溢出很多淚水。

「麒麟是什麼你知道嗎？不是我們宮廟牆上看到的那種，是長頸鹿，你知道嗎？不是神獸。」許老仙說。

「好像知道。」

「日文麒麟就是長頸鹿。」許老仙說。

「這樣啊。」

「回去查一查。」許老仙說。

「必也正名乎。」花麒麟不知道爲何會接了這一句。

「老仙有讀一點書啦，一點點漢文，一點點日本書。」阿棟伯說。

「這樣啊。」花麒麟看著憨慢王爺，嘴裡漫聲地應著。

2 憨慢的王爺

樂天宮一尺六寸高的神像，頭戴國公帽，臉孔很像一般看到的王爺，眼珠、鼻子、嘴巴刻得模模糊糊，不太端正。鼻下有兩撇往上翹起的鬚，腮幫到下巴有一大把蓬蓬的長鬚。身披鎧甲，但是右手高舉一把劍，左手拿一朵蓮花，腳踏兩隻像是獅子的動物。

「祢到底是什麼神？」花麒麟問。

「我也不知道啊？」憨慢王爺回答。

「外表眞的刻得很奇怪，花紋也歪歪的。」

「咳、咳，很多人都來看過，看不出我到底是哪一種神。」憨慢王爺表情有點靦腆。

「就是這樣，我有查過資料，眞的看不懂。」

「有人當面吐槽說是亂刻的，是還不會刻的徒弟黑白刻的，這種四不像的神應該要把它燒掉！」憨慢王爺說。

「聽說這個人這樣說祢以後，回去就生病，有嚇到。」

「就是啦。」憨慢王爺說。

「報紙有報啦，祢是因爲水災通天溪暴漲被沖到這邊，卡在沙洲上面，被人家發現。」

「這個附近的人都知道。」憨慢王爺點點頭。

「人家說剛開始看到是神像，就撿起來放在溪邊樹根那裡，看有沒有人要領回去，沒想到竟然有人來對祢燒香，燒金紙，請祢報明牌。」

「時勢造英雄。」憨慢王爺說。

「後來因爲報明牌有幾支很準，才有人把祢供起來當神。」

「差不多是這樣。」

「聽說很轟動，那時候，老人家在講，每天晚上幾百個人圍在這裡。」

「咳、咳，很熱鬧，全台灣南南北北，基隆到屏東都有人來。」憨慢王爺說。

「確實是時勢造英雄，當時很多陰廟都這樣。還有很多起痟的人被人當神仙，天天追著他問號碼，載他去茶店仔開查某，灌酒。車禍死掉的人，現場沒人要出手救，還看他死的姿勢像幾號。」

「本來我也不想這樣，但是想一想，很多水流屍、路倒的都變成神，很多亂賊、小偷、強盜被殺了以後也都變成神，我當然也可以啊！」憨慢王爺拍拍胸口說。

「祢眞的會報明牌嗎？」

「嘿嘿嘿——做神明也要有一套，不然誰要信？」憨慢王爺笑笑。

「說得也是，沒有一點名堂的神明誰要拜。」

3 阿棟伯的宮廟

天還沒亮的時候，阿棟伯就來到樂天宮。

土狼狗看到他，搖著尾巴，高興地走了過去，跟在他旁邊。

一隻橘黃色的貓在附近走動，不時看向這邊。一隻毛髮髒亂的暗紅色貴賓犬，豎起尾巴，吐著紫色舌頭，慢慢走了過來。

阿棟伯在牆角拿出一條抹布，把供桌擦一擦，擦完了拿茶壺爲供桌前的三個茶杯斟上清水。燒了香，朝天空拜了拜，再向東南西北四方拜了拜，然後把香插入香爐裡。做這些動作，就讓他氣喘吁吁，額頭冒汗。

接著走到摩托車旁，拿出一個塑膠袋和一只木碗，放在地上。土狼狗站在旁邊，等阿棟伯把食物倒進碗裡。

「Rocky來！來！今天很多雞脖子、雞骨頭，你看，你看。」

土狼狗靠了過去，低下頭立刻啃了起來。

「去去去，走！走！」阿棟伯對那兩隻貓狗嚷了嚷，做出揮趕的動作。

貓、狗退了一下，然後停在原地。

阿棟伯喘著氣把塑膠袋收起來，捲了捲塞在褲袋裡，滿意地笑了笑。

這些習慣已經很多年了，除了幾次身體不舒服、和眾人去旅遊、跟媽祖廟去遶境請人代理以外，幾乎沒有缺席過。拜完後在長板凳上坐了坐，不喘了以後才站起身，走到摩托車，跨上去，發動引擎，慢慢地離開了。回家休息一陣子後，他會穿著有對襟排釦的台灣衫，再度來到樂天宮。

不久之後，花麒麟便騎著腳踏車來到這兒，上完香，坐在板凳上。

清早的風，涼涼的，很舒服。暗紅色的貴賓犬來到土狼狗的木碗前，低下頭啃咬起剩下的脖子和骨頭。土狼狗趴在一旁，瞇著眼，伸著舌頭吐氣，好像沒看到。

「阿棟伯有找人來接管理員嗎？」花麒麟說。

「有啊，找了好幾個，有一個跟他在一起很多年的女的，還有管理委員會的死忠仔，本來都說要來接。」憨慢王爺說。

「他年紀眞的大了，身體又不太好。」

「後來那個女的車禍死掉了，死忠仔要接這間宮廟，他又不肯放，原來是講假的，死忠仔就不來了。」

「有時候會有一位阿婆來這邊幫忙泡茶，泡一壺在那裡。」

「住附近的阿婆啦，很善心的。」

「阿棟伯的心臟不是裝了很多支架？」

「六、七支有啦。」

「原來是不肯放，我記得以前他有在幫人算命喔。」

「是啊，現在有時候還有，都是，看日子啦，幫小孩收驚、合婚、合八字、解籤詩啦。還有四月初七我生日的時候，很多契子會回來給我過生日。」

「對啊。」

「以前還有放籤筒，太吵了，後來收起來了。」

「是齁。」

「他有幾本舊舊的書，很厲害的那種，有時候他在翻的時候我都會心驚肉跳，那些書有法力。」

「眞的啊？書有法力！」花麒麟驚訝地說。

「咳、咳、咳，裡面有符咒，還有經文，很可怕。」

「他怎麼懂這些啊，我很好奇，聽老母說他以前不是專門在詐賭的嗎？聽說很厲害。」

「沒有很厲害啦，他手指太短，有一些牌沒辦法做，賭歹筊也是要有天分，要有那個條件。」

「哈哈哈，就跟彈鋼琴的人一樣，手指要大，要長。」花麒麟伸出雙手手掌來看。

「你這個不及格。」

「他怎麼懂得易經、八卦那一些啊？聽說有時候講得很準。」

「他跟人家講說是在當兵的時候認識一個士官長，跟他學的。退伍的時候跑去台北，跟士官長兩個人在萬華擺攤，有時候會幫忙當乩身。」

「乩身？他跟祢能通嗎？」

「當然不行，像你這樣有靈體的很少見啦，我也不是和誰都能通，算起來我們有緣分。」

「對齁，我和王爺能通，跟Rocky能通，跟大部分的不能通，有的只能模模糊糊的通一點，好像訊號接收不好。」

「嗯。」

「阿棟伯當過乩身耶。」花麒麟像是想起什麼般地說。

「說起來阿棟伯也算有來歷，那時候從大陸來的老兵，很多是和尚、道士，有大宮廟出來的，很正宗的，很厲害的。他是拜什麼神呢？」

「好像是鬼谷子啊。」憨慢王爺歪歪頭說。

「眞的啊，他怎麼沒有在這邊請一尊呢？」

「你在講什麼？我們小廟請不起大神。」

「對對對，鬼谷子不是什麼好鬥陣的啦，很多法術齣。」

「他之前還被人告裝神弄鬼，騙人家錢財，有坐過牢。」憨慢王爺嘆口氣。

「八十歲了呢，他也跟我說過要我接喔。」

「他跟一百多個人說過，你要想清楚，不要給他拐去。」

「對對對，我也覺得是這樣。前幾天他跟我開口借十萬塊，後來又說接管理員要一百萬。」花麒麟悶悶地說。

「以前眞的很興啦，有一段時間白天、黑夜都是人，遊覽車來很多台，香油錢要用布袋裝。警察來維持秩序，半夜要巡邏。他會看牌，很多人有中喔。」

「那是祢洩漏天機。」

「哪裡有？要是有，我現在就慘了，天打雷劈。」

「王爺還是有罩他啦，不然這個宮也蓋不起來，信徒還滿多的。」

「一切都是因緣啦，咳、咳，老兄弟了，沒有他就沒有我，這是實在講。」

「祢覺得阿棟伯還會活多久？」

「這個不能說，時間到了自然有答案，命中註定的。」

「這個宮好像地目有點問題喔，跟我們花家的土地一樣。」

「要變成道路啦，就是劫數。」

「祢是說結束還是劫數？」

「嘿嘿嘿。」

「笑得很奇怪歐。」

「你不知道的事還很多啦，這個宮的土地雖然只有十幾坪，產權還是不清楚。當初捐地的人，手續辦到一半就後悔了，沒有轉移成功，是阿棟硬給人家蓋下去的。捐地的人看賺了那麼多錢，要他付一點，他不肯啦。」

「我去查了很多廟，都是土地有問題。」

「因爲那時候這邊太多人來來去去，很亂，有一個地主的兒子來這邊擲筊，說要把我遷到萬應公那邊去，我當然沒有答應。我是王爺，怎麼可以去那個地方？」

「我老母有說過，聽說祢給他下詛咒，害他車禍。」

「後來有一個地主的子孫要收回來，叫什麼簡什麼發的，開怪手來挖，也沒有跟我問，也沒有說要把我遷去哪裡。」

「這麼粗魯，後來怎樣了？」

「阿棟找人把他料理了一下。」

「料理一下？聽起來很恐怖。」

「嘿嘿嘿，以前的事啦，很久以前的事啦。」

4 金色緊箍

「那時候你媽媽寶珠來找阿棟，說你是紅孩兒降世，是個妖孽，累世的因果很多，怕冤親債主來找，恐怕養不大，所以要認契子。那時候阿棟看到你也會怕，真的。」憨慢王爺說。

「紅孩兒！有準。孫悟空只有頭上有金色緊箍，他就受不了了。我頭上、兩手、兩腳，總共五個金色緊箍。」花麒麟說。

「我也很怕，你這個人神通廣大，四處闖禍。忤逆長上，連菩薩也敢殺，又不要結婚，破壞倫理。」憨慢王爺說。

「我這麼厲害啊！難怪會出那麼多事。記得寶珠媽媽說跟祢求了很久，生我的阿嬌媽媽也來求過。」

「寶珠一個月來十五天，每次都是又跪又拜兩個時辰。不是親生的還這麼誠心，只好答應。」

「祢的契子也不多，難得有我會孝敬祢，每年四月初七生日，都拜很齊全。」

「這點是不錯。三十多年了，眞正還有回來的，七、八個而已。」

天氣炎熱，土狼狗伸出舌頭，喘著氣，慢慢地走過來。宮前那隻原來蹲坐在那兒的橘色貓站起來，瞪了瞪牠，不情願地走開。土狼狗找了一塊陰涼的地方坐了下來。

「阿棟伯八十歲了齁！」

「差不多有，管理人做四十多年，和他同輩的死得差不多了，只剩下許老仙還常常來。出錢的金主也老了、病了，後代不肯再出錢，幸好香火錢還是有，死忠的信徒還是有啦。」

土狼狗抬眼看看他們。

「我生母出家很多年了，記得我十六、七歲時，曾經跟她說想出國唸書，她不理我耶。」

「親緣盡了，你又到處惹事情，怕你騙她的錢。」

「哪裡是這樣！」花麒麟的臉忽然紅起來，像煮熟的蝦子。

土狼狗朝他們笑了笑。

那隻橘色貓跳到屋頂上，看著他們。

「你笑什麼？每次看到你這個怪樣子，到底是狼還是狗？土狼狗還是土狗狼？還有個英文名，我實在……」花麒麟口氣不太好。

「沒有純種的貓、狗、牛和人。」土狼狗不疾不徐地說。

「狼狗多一點，還是土狗多一點？」花麒麟說。

「不要太執著。」土狼狗偏過頭，眼睛看向別的地方。

「牠們只是不會講人話，其實牠們都是人，只是變了個形狀，穿了獸皮而已。」憨慢王爺接話說。

「有一批狗正在努力學習講人話，也號召狗要講人聽得懂的話。」土狼狗說。

「你說大家都是雜種，可是有的雜得很好看，對不對？」花麒麟說。

「怎樣叫好看？」土狼狗說。

「麒麟，你什麼時候看得到我、聽得到我，我不記得了。」憨慢王爺很正經地問。

「第一次是被我爸爸打，頭撞到地那次，差不多十歲。那時頭腦很昏，模模糊糊聽到祢叫我。他喝醉酒，跟寶珠媽媽吵架，我去拉。」

「嗯。」

「第二次是騎重機摔倒那次，那時看到祢攔車，可是剎車還是來不及，掉到路坑裡面去。我有聽到祢大叫，雙手一直揮。」

「那時聽到比較多我的聲音了。」憨慢王爺點點頭。

「斷斷續續，但知道是王爺在說話。」花麒麟說。

「你命不該絕。」

「後來跟人炒股票賺了很多，可以買台北信義區大樓好幾間。但投資期貨沒有兩年就全部賠光光，還負債五千多萬。誰知道會發生巴拿馬運河擱淺事件，錯不在我，命不好。」

「想起來了，我做幾十個契子的契父，又拜得那麼虔誠，多少要關心你們一下。」

「我有感覺祢在提醒我，那時候常常心驚肉跳，下單時右手不聽使喚，感覺被拉住，還會自己左右移動。」

「業障拉不住。」

「後來欠錢被地下錢莊綁票，太太離婚了，女朋友逃走了，跟我一起投資的朋友自殺，就是這樣。」花麒麟恨恨地說。

「你搞的事情太多了，咳、咳。」

「祢又不來救我。」

「得意的時候怎麼就沒想到我呢？」憨慢王爺接話說。

「哈哈哈，也對。兩年多前，我來這裡給祢燒香、問事，祢好像就有開口跟我說話了，只是那時沒有在意，以爲只是心情不好，頭腦太混亂。」

「嗯，那麼，什麼時候聽懂牠們的話？」

「貓、狗、鳥這些嗎？差不多就在一年前，晚一點，忽然覺得什麼話都聽得懂，樹也會說，草也會，風也會，萬物都在說話。」花麒麟說。

「劫難不是劫難，對齁。」

「突然開竅了，開天眼了！」花麒麟有點亢奮。

「我就是劫難不夠，不能成爲好神，只有一個水劫，一個醜劫。」憨慢王爺搖搖頭嘆息。

「神沒有好看的，太好看的，不神。」花麒麟說。

「你確實有靈根。」憨慢王爺說。

「很多事祢事先就知道了齁？」花麒麟問。

「哪有那麼厲害！那麼厲害就去坐大廟了，幹嘛還在這裡？」憨慢王爺說。

「太客氣啦。」花麒麟說。

「說實在的，那時候害很多人家破人亡，造了孽。」憨慢王爺說。

「是他們自己執迷啦，不能怪祢。」花麒麟說。

「不是長久的神。」憨慢王爺說。

「什麼？說什麼？」花麒麟說。

土狼狗打了個呵欠，歪過頭去，微微笑了笑。

5 土狼狗喃喃

花麒麟從家裡搬了一張藤椅出來，坐在門口；太陽很溫暖，土狼狗慢慢走過來。

幾隻貓在三合院裡走來走去，互相追逐、奔跑。

土狼狗坐下來後，伸起右後腳，一下一下地搔著脖子。

從樂天宮到花家，大約兩、三百公尺，土狼狗和另一些貓、狗常會到這裡走動，四處逛逛。

「Rocky你在這裡也很多年了齁？」

「十年有了吧。」

「要是人的話，有七十歲了。」

「差不多吧。」

「眞厲害！這麼多年我都在台北，這裡很多事都不清楚，要你幫忙了。」

「沒關係，反正我整天在這一帶走來走去。」土狼狗說。

「那個女的眞討厭，沒事又來餵貓，搞得很髒耶。」

花麒麟指著對面房子說。有位婦人幾乎每天都來這兒餵貓，在門口放了一個盆子，一個碟子。這房子是花麒麟叔公的老宅，已經很久沒人住了，木製的兩扇門，用一個銅鎖鎖著。木門龜裂，褪色得很厲害。

「很多貓會搶飼料吃，在這邊打架，鬼叫鬼叫的。」花麒麟說。

「我追過幾次啦，覺得很無聊。那些貓很精，看到我出現就跑，我不追牠們又回來撩。」土狼狗說。

「我看你是跑不動，不是不想管。」

「事情沒有那麼簡單，那個婦人有想法，也不怕狗，比我還要凶。」

「這麼厲害啊。」花麒麟的背離開了靠著的藤椅說。

「聽說她先生以前還會抓狗，殺狗來吃。好像有人預定了，他就會抓狗、殺狗來賣。」

「難怪不怕。」花麒麟看著土狼狗說。

「其實這邊的狗都很怕他們夫妻，遠遠看到就趕快走開。」

「眞的長得滿奇怪的。我上次遇到，有跟她講一下，不要在這裡餵貓，可是她沒有要理我，眼睛都看旁邊。」

「長得很奇怪齁，很矮，不知道有沒有一百五十公分。」

土狼狗繼續說：「這個女人的爸爸是個老兵，媽媽是侏儒。」

「侏儒？難怪長得怪怪的，腳很短。」

「以前住在那邊的花刑警是她的恩人，後來花刑警死掉了，她不知道怎麼感謝，所以一直來。」

「花刑警是我叔公，他們那一家也沒人住了，小孩搬到都市去了，還有去美國了。」

「這裡有很多人都搬走了。」

「這個婦人我眞的不認識，沒見過我叔公怎麼幫她。」

「她在路邊擺攤賣肉粽、賣蘿蔔糕，後來也去餐廳賣水果，一包一包裝好的水果，一桌一桌去賣。」

「原來是做這個的。」花麒麟躺回藤椅。

「好像被流氓欺負，要收保護費，白吃、白拿她的東西。她拜託花刑警幫忙，花刑警有去找那個流氓。」

「我叔公跟三教九流的人都有來往。」花麒麟說。

「是啊，我知道以後就不想追那些貓了。那些貓是花刑警以前養的，花刑警死掉以後，貓沒有人要，所以這個婦人來幫忙養。」

「這樣啊。」花麒麟說。

「花刑警家還有一隻狗也很棒，很嚴肅的狗，是白色的狐狸狗，後來竟然也被趕走。沒有人餵牠，這隻狗只好離開家，下落不明。」

「這個婦人住沒多遠吧，有其他家人嗎？」

「有兩個孩子，好像都還不錯，一個開機車行，一個開洗車場。先生原來做水泥工，後來什麼事都不做，常常去賭博。」

「孩子有遺傳到侏儒症嗎？」花麒麟問。

「還好啦，第三代了，看起來還可以。」

「有這樣的故事啊。」花麒麟輕輕嘆息。

「這婦人的媽媽爲了生她難產死掉。聽說她媽媽爲了感謝老兵願意娶自己，拚命也要幫他傳宗接代，爲他生了這個女兒。她算很孝順了，老兵活到九十多歲，都是她在照顧。」

「不容易。」

「所以我都不想去追那些貓了，只是覺得那一隻狗不知道去那裡了，好可惜啊，很好的狗。」

「你很懷念牠。」

「確實是一隻有格調、有尊嚴的狗。」土狼狗很嚴肅地說。

6 彼岸橋

花麒麟騎著腳踏車來到彼岸橋上，看到底下的通天溪溪床上有一位婦人在那裡種菜。遠一點還有一些人支著竹架子，種小黃瓜和番茄。

他把腳踏車停到旁邊，架好，順著一條小徑走下去。

附近木麻黃、茄苳樹林裡有好幾隻黃頭鷺、白鷺鷥在那邊嘎嘎叫，沿著溪岸還有一排排的竹林。

混濁的溪水流得很急，感覺很有生命力。

「妳好喔，妳種的這些菜長得眞好，辣椒、秋葵、甘藍菜、空心菜。」

包著褪色花布頭巾，腳上穿著咖啡色膠鞋的婦人，稍微停下手，抬眼看看他。

「種來自己吃啦。」

溪對岸很陡直，長滿雜草，急流流過的地方，灰白色的細長水草隨波漂動，看起來那裡沒辦法站人，也不能耕種。不過卻有棵長得彎彎曲曲、矮矮的樹，長在草叢裡，姿態虬勁，還開了幾朵粉紅色的花。

花麒麟看到彼岸橋的橋墩上有溪水淹過的痕跡，那水痕幾乎高到橋面。

「這裡水大的時候土地就不見啊，種的菜不就都被沖走了？」

「反正加減種，有就有，沒有就算了。」

「以前這條溪還要更寬，記得小時候來這邊游泳，溪很大呢。」

「越來越窄了，你是——花家的人？」

「是啦，看得出來齁。」

「皮膚白白，頭髮紅紅，我知道你是誰的孩子。」

「這樣啊。」

「嗯。」婦人低下頭，繼續整理手邊的菜。

「以前有水牛常常浸在水裡，好多魚、蝦、螃蟹、泥鰍。」

「牛是沒有了，魚、蝦還是很多，泥鰍那裡就有啊，你看。」婦人抬起下巴比了比不遠處的泥灘。

果然有一些泥鰍，在爛泥巴裡滾來滾去。

「淹死過很多人喔，跳水的也很多個，我記得。」

「嗯。」

「前幾天聽說有位婦人家，把先生推到河裡。她先生癱瘓了十幾年，照顧得受不了，她自己也跳，兩個人都淹死了。」花麒麟語氣激動地說。

「嗯。」

「眞可怕。」

「哪條水不淹死人啊。」婦人冷冷地回答。

「喔，說得也是。」

花麒麟想起來，小時候有一次和幾位朋友在這裡游泳，看到溪面漂來一個人，載沉載浮。他們呼喊著要去救，結果靠近以後發現是一具包著厚衣服的骷髏。

「你是在樂天宮給阿棟伯幫忙的嗎？」

「是啊，是啊。」

「要不要番薯葉，我割一些給你們，很新鮮，長得很好的。」

「好啊、好啊，番薯葉眞的很好，洗乾淨，開水燙一下，加醬油，好吃又營養。」

婦人彎下腰，俐落地用鐮刀割了一大把番薯葉，整理一下放在地上。

溪水裡又漂來一隻動物的屍體。婦人放下了手中的鐮刀，抓起了一枝長鉤，走過去，把半擱淺在泥灘上的屍體撈了上來。

花麒麟撿起了一根草繩，把番薯葉綑了綑。

婦人把打撈起的東西，移到一個泥坑，丟了進去，然後撥了一些土，埋起來。

「妳都不用肥料？」

「用什麼肥料，水裡面什麼都有，還有豬、狗、家具，連佛像都有。」

「眞是的，連佛像都有。」花麒麟微微一笑。

「要空心菜嗎？我再割一點給你。」

「難怪妳的菜都長得那麼好。」

「蟲太多了，有空來幫我抓蟲。」

「怎麼不噴農藥？」

「自己吃的沒有噴，要賣的才有噴。」

「哈哈哈，好啊，這些蟲眞該死，不知道種菜的辛苦，有空我就過來。」

7 宮廟墓祠調查

○月二號，花麒麟點開「星座紫微」，天秤座。

每個月初他都會看這個頁面預測的事業運、愛情運和財運，再來是每一天的這三個運有幾顆星，五顆星最好，一顆星最糟。網路上也有「易經週報」、「生肖運勢」、「周老師論命」、「塔羅之星」、「五術門」等等。但是「星座紫微」準確多了，其他的則是參考。如果「星座紫微」說得很不好，他也會找說得好的預測來安慰自己。根據前幾年的經驗，在幾次重大事件發生之前、非常需要指引的時刻，例如是否業績能達標、該不該跳槽到新公司、是否要離婚，「星座紫微」幾乎完全說中了結果。雖然很多時候也沒有那麼準確，只是有幾次令人毛骨悚然的準確，就值得了。

事業運勢　四顆星☆☆☆☆

運勢旺盛，是你好好展現創意與能量的時候，可望在專業領域盡情發揮。

發財運勢　三顆星☆☆☆

不適合與人合夥投資，易起錢財糾紛。

愛情運勢　三顆星☆☆☆

你特別需要情人的關心，對方的溫柔，能解除你心中的煩悶。

手機叮了一聲，有人傳了LINE。

滑開來看了一下，是「夢影傳播公司」的藍精彩傳了一個檔案，名稱叫作「台灣小型宮廟墓祠調查計畫」。花麒麟點開檔案，讀了一下內容，原來是個計畫案。參與的人不多，就六個人，有做儀式的、建築的、歷史的，另一個則是實地訪查。這個案子做的不是正規的那種宮廟和墓祠，而是要做很少人知道、罕見的，這樣才有話題性和市場性。裡面列了三十間參考名單，公司會先聯絡大部分宮廟墓祠，取得同意，有趣的是奇珍市溪水里樂天宮竟然也在上面。

花麒麟看了一下傳來的企劃書，企劃書上預計採訪的表格裡有龍王廟、麻蘭媽祖、石母祠、小武當山、鏡照宮、茄冬神樹、七彩媽祖、侯王爺、嬰靈廟、城隍廟、寶神軒、祥瑞佛店、三佛精舍等等。這個表格有地址、有聯絡人電話，還有一些對這些廟神奇事蹟的簡單描述，資料很完整。其中不少宮廟故事概要，看起來很吸引人。

其實他期待的是貸款的消息。現在他住的老宅雖然只有六分之一產權，但還是可以貸款，只是多少的問題。他委託的黃仲坤代書聲稱可以幫忙。如果能有兩百萬，就可以先還一部分錢，剩下的省點用能生活個兩年。另外一筆投資乙種工業地的房子，已經有買家在談，可能會賣出去。準備便宜賣，雖然少賺，但至少有現金收入。至於股票融資問題，因爲信用不好，大概沒機會了。

然後電話響了起來。

「麒麟兄，你好，好久不見啊。」藍精彩說。

「是啊，對你想念特別多，怎麼？有什麼事嗎？」

「就你看到的這個計畫呀。怎麼樣，來參與吧，我們的千面寫手。」

「我現在看到這種企劃書就很想吐，搞太多了。」

「老兄別鬧了，好幾個月沒有你的消息了，看看你要做哪一樣，給你先選。老實說這個案子還不錯，投資報酬率滿高的，契約書你可以看看，算一算一個字大概五塊錢喔！先交採訪稿，或者心得、感想也可以，我們再來商量怎麼處理。如果順利，將來還可以和電視節目製作公司合作，做幾季節目，可以分紅。」藍精彩說。

「搞這種文史的，又累又只能賺一點點，太可憐了，沒前途。到處跟這個政府、那個單位要錢，可憐。還要報告、還要核銷，聽官員、什麼學者專家的教訓，撥款又慢。」花麒麟一面搖頭。

「這樣說？這是有意義的工作。」

「誰看啊？」花麒麟說。

「反正我們就是吃大餅屑屑的人，別想太多。」

「讓我想想。」

「我這傳播公司也混了二十年了，雖然只吃點屑屑，還是能混下去耶。」

「你很厲害，跟我們老闆的廣告公司合作幾次，竟然能成功。」

「大家互相、互相啦，別太計較。反正是騙吃騙喝，我們是有牌的詐騙集團，正派經營的小騙術，做點觀眾喜歡的、能接受的小娛樂。」

「宮廟和墓祠是嗎？我再想想，其實我有一點興趣，太多人不知道這裡面有好多故事。」花麒麟感覺腦袋裡突然充滿了東西，許多神神鬼鬼的故事冒了出來。

「眞的嗎？那太好了，我怕你有忌諱，想了很久才敢跟你聯絡。」藍精彩很高興地說。

「有什麼好忌諱的，這早該有人做了，想到這個題目的眞的是人才。」

「很多人怕啊，怕惹到什麼，尤其是墓祠。」藍精彩說。

「我是死狗一條，刀槍不入了。」

「別這麼說，聽人家講你有陰陽眼，會通靈，不是普通人物。」

「唬人的鬼話，你也信。」

「等你東山再起呢，麒麟可不是一般動物哩。」藍精彩的口氣變得愼重。

「短脖子的長頸鹿。」

「什麼意思？」

「沒有、沒有，過一會兒給你最後決定。」

「好吧，等你的消息囉，麒麟兄弟出手，萬事搞定。」藍精彩說。

「『星座紫微』事業運勢說這個月是可以『好好展現創意與能量』的月份，指的是這個嗎？」花麒麟想。

8 都市更新計畫來了

花麒麟從幸福理髮廳走出來，從寄車處牽出了腳踏車，沿著中山路經過建康路、田心路，經過水頭仔土地公廟、彼岸橋，再騎了一段路之後，回到溪水里老宅。

幸福理髮廳的技術還是不錯，保留了傳統的理髮方式，用推子推完，再用剪刀細細地剪，反覆地修，洗完頭還可以刮臉、掏耳朵，把臉上的雜毛、鬍碴刮得乾乾淨淨，清除累積已久的耳垢。其實他曾去一百元的那種理髮店，又快又便宜，但每次出來後都發現理得很粗糙，頭髮這邊長那邊短，這邊多那邊少，也沒有修眉毛、刮臉——臉如果自己刮，因爲看不清楚，工具也不好，臉上還是雜毛亂生，碴碴很多。此外，這種店的洗髮精味道太香，清潔力太強，又常常水沖得不夠，沒洗乾淨，頭髮裡藏著泡沫，回家還要再沖洗一次。更尷尬的是頭髮長長以後，髮型不正，參差不齊的地方很多，看起來怪模怪樣，所以他還是回到幸福理髮廳。

幸福理髮廳以前是地方仕紳、工廠老闆理髮的地方，小姐會撒嬌，會跟客人打情罵俏，說些有的沒的。這間店經營了三、四十年，理髮小姐都老了，但她們仍化著薄妝，穿著艷麗的服裝，頂著時髦的髮型，香氣氤氳。理完髮，還會抓著你的手，十根指頭逐根拉一拉，讓指節間發出「啪」的聲音，最後幫你按摩肩膀，放鬆肩頸的肌肉。走出理髮店，有煥然一新的感覺。

騎進老宅三合院院子裡，在清潔隊上班的李鄰長帶了一位工人，正在除草。看到花麒麟回來，便指著四處長得很茂盛的雜草說：「這邊要除一除，那邊要割一割。」

「感謝鄰長，謝謝有你。」

「六鄰到十二鄰最傷腦筋，每年除草要除五、六次。房子壞掉，沒人要管，吸毒的、偷東西的跑來這邊住，每次都發生事情。」

「沒辦法，大家都搬走了，草那麼長眞的是麻煩，蚊子、蟲子又多。」

「有空你也幫忙一下，把屋子附近的草除一除。」

「會啦、會啦。」花麒麟不好意思地搔搔頭。

「對了，不是有建商來找你，說這邊他要買。」李鄰長說。

「怎樣了？是不是都市計畫要解套了，我們這邊可以蓋房子了？還是路要拓寬了？你看我們這邊被畫成道路十幾二十年了，都沒動作。上次拓寬，老屋被切了一半，看起來像廢墟一樣。」花麒麟急切地說。

「我也不知道會怎樣？如果沒有人要住，賣給那些人也好，他們有錢啦，可以等。你不如換了現金，去市內買一間房子也好。」李鄰長說。

「說不定有消息，要解編了，先來買土地。」除草工人也來搭話。

「不要亂講，這種事很大條的。」李鄰長說。

「哪有亂講，這種事誰不知道，官商勾結炒地皮，憨百姓常常被騙不知。」除草工人說。

「這個房子是六個人的名字，要六個人同意才有辦法。」花麒麟說。

「統統都沒有回來，只剩下你在這裡，你作主就好。」李鄰長說。

「哪有那麼簡單？沒有人要管啦，你看那個七號、十三號、十九號、二十一號，比我們的還要大間，都沒有人住了，有辦法的人不會住這種祖厝、老厝。」花麒麟說。

「路拓寬才有發展。」李鄰長說。

「不知道要等到何年何月。」花麒麟說。

「確實也是這樣，沒有工廠要來啦，你們這邊又靠近溪邊，地勢比較低啦，以前颱風一直淹水。又有好幾個風水，一間土地公，一間怪怪的樂天宮，如果建商要出錢買，價格差不多就賣掉比較好。」李鄰長說。

「殺頭的生意有人做，賠錢的有誰要來，建商有在問，一定是有消息。」除草工人說。

「好啦，好啦，不要在這裡亂說。」李鄰長說。

其實黃仲坤代書前幾天有來說，都市更新計畫可能會通過，可能有機會解套。但花麒麟忍住沒說，現在人心裡各自藏著什麼鬼，沒人猜得到。

9 消失的龍王廟

今天要訪查的是一間清朝同治年間蓋的龍王廟，訪談企劃書上說這是台灣非常少見、單獨奉祀的龍王廟，據說乾旱時期只要官員做得正、做得好，求雨非常靈驗；如果是貪官污吏當政，怎麼求也沒有用。花麒麟拿著企劃書來到西門街和日新街附近，來回走了好幾趟，在地圖上比對了好幾次，還是不能確定這間廟在哪裡。推敲了一陣子，決定走去那家有名的「正陽」老書店問一問。

這家書店他以前來過，日本時代就開了，已傳到第三代。這間店印了很多算命、星座、五術、羅盤、奇門遁甲、陽宅風水、開運、八字、紫微斗數、姓名、占卜、面相的書，是很多老派算命師必讀的書冊。

店裡櫃台旁坐了兩個人，老闆娘和與她年紀相當的朋友。一位老先生戴著老花眼鏡，在書架上翻找。兩個穿著很文青的年輕人，翻開一本書在角落竊竊私語。

花麒麟拿著地圖，走到櫃台向老闆娘鞠了一個躬，開口問：

「老闆娘好，借問，我看地圖，西門街這邊以前有一個龍王廟，怎麼完全找不到了。」

花麒麟說。

「沒有聽說喔。」老闆娘看了看地圖，想了一下說：「這裡竟然有龍王廟，沒有聽說過。」

「這個地圖上其他廟都有，奇怪就這間沒有。」

「有啦，好久好久以前喔，我跟你講，日本人來的時候把它拆掉了，眞的沒有幾個人知道。」老闆娘的朋友說。

「阿玲，妳怎麼會知道？妳有看過喔？」老闆娘很驚訝地說。

「沒有啦，我也是運氣、運氣，剛好我阿公有講過這個故事。他以前常常進出宮廟，關帝廟、長安宮那些。」

花麒麟在附近的街道走了好幾遍，車輛來來往往，很是熱鬧。原來的位置可能是前方二、三十層樓高的「皇殿」大樓。

「這樣喔，妳沒講我完全不知道，而且我相信連我都不知道，這裡的人也沒有幾個知道，對不對？還有一個龍王廟，眞的不知道。」老闆娘說。

「城隍廟都還在，竟然龍王廟不見了。」花麒麟說。

「對啊，竟然廟也會不見。」老闆娘說。

「廟當然會不見啊。」阿玲說。

「敢有可能？」老闆娘說。

「龍王現在沒有用啦，氣象報告那麼準。」阿玲說。

「說得也是。」花麒麟點點頭。

「龍王廟是要幹什麼的？」老闆娘說。

「祈雨啊，旱災的時候，縣官要來拜龍王。」阿玲說。

「那眞的沒有用，所以日本人要拆掉。」老闆娘說。

「妳沒聽過以前我們這裡還有一間包公廟。」阿玲說。

「包公廟？好像有聽過喔。」老闆娘說。

「對不對！」阿玲說。

「我想起來了，媽祖廟裡面有一個啊。」老闆娘說。

兩人你一句我一句地說了起來。

「對、對，就是那個。」阿玲說。

「阿玲，不要說那個啦，要說那一尊啊，那神耶！」老闆娘說。

「對啦，神啦。那尊原來也是在一間路邊小廟，後來人家覺得很麻煩，管理人死掉了，又沒有人要管。」阿玲說。

「廟也會倒，眞是的。」老闆娘說。

「拜的人很少，沒有香油錢，水電費都付不出來。後來很多人就說把祂放到大廟去好了。有問過包公啦，包公說願意去就去了，所以那間廟就不見了，原來的就在那個珠母寮那邊。」阿玲說。

「眞的，要是沒有人要去管那個廟，廟會不見。有聽說啦，很多佛教的廟後來沒有和尙也沒有尼姑，結果就賣給佛光山了，變成佛光山的分廟，佛光山會派人來主持和管理。」花麒麟插了嘴。

「這樣講起來其實還不錯，廟有繼續下去比較好。」阿玲說。

「好奇怪，現在官司這麼多，法官問題這麼多，竟然沒有人要拜包公。」老闆娘說。

「現在包公沒有用啦。」阿玲說。

「你知不知道，其實包公也是閻羅王，白天審人，晚上審鬼。」老闆娘說。

「沒有用啦，現在沒有人在怕這個，太公正人家也不想拜。這麼公正很討人厭，水淸無魚妳知道嗎？這麼公正，大家要怎麼賺錢？騙肖！」阿玲說。

「妳這個人就是心術不正。」老闆娘說。

「至少比妳好啦，還敢講我心術不正。」阿玲聲音變得很尖銳。

「好啦、好啦，不要跟妳辯，這個社會反正心黑的人會贏，敢的人會贏。」老闆娘說。

「妳這樣講我有同意喔。講實在的，每次去媽祖廟都不敢看包公的臉，不小心看到，心臟就會亂跳，快要不能呼吸。不是我而已喔，很多人都跟我一樣。」阿玲輕輕拍著胸口說。

「嘿嘿嘿，這樣講我喜歡聽了。」老闆娘說。

10 彷彿有殺父之仇

來到樂天宮的花麒麟，和土狼狗打打招呼，去靠牆的六層櫃子隨手抽出了《了凡四訓》、《因果報應實錄》、《苦海寶船》幾本善書，坐在桌邊，倒了杯茶，翻閱起來。

土狼狗趴在旁邊，眼睛看著前方竹林，注意著動靜。牠的舌頭伸出來，輕輕地喘著氣。

手機的LINE響起，花麒麟放下書，拿起來點開。

黃代書傳來簡訊，告知貸款沒有成功。花麒麟住的老屋不值錢，土地有爭議，沒有銀行願意貸款。如果要錢急用，有熟悉的朋友可以幫忙，五分利，十天一期。「五分利，十天一期！」真是吃人夠夠。幸好昨天接到共同投資的那塊乙種工業用地賣出去了，約已經簽了，頭期款付了，等半個月左右過戶完成，分到的錢就會進帳戶了。星座紫微說這個月運勢旺，可以展現創意，盡情發揮；又說容易和投資合夥人發生財務糾紛，看起來說得很不準。

花麒麟皺著眉頭，重重地放下手機。

土狼狗仰起頭，看著他。

「我很討厭貓。」

土狼狗忽然很嚴肅地對著他說。

「什麼？」花麒麟有點驚訝。

「我說我很討厭貓。」

「眞的喲，我看你每次追貓，眼神都好凶狠，恨不得吃了牠們。」

「大部分的貓都幼稚又不懂事，不負責任，沒有半點用，只會裝可愛討好主人。」

「太多人喜歡貓了，我不敢說。」

「每天在那邊梳妝打扮，沒事舔毛舔個不停，花好多時間，爲了什麼？就是要好看啊？讓人看到就喜歡。」

「你很憤怒。」

「乾乾淨淨、漂漂亮亮騙誰啊？整天就想要撩人，吃好的，睡好的，玩好的，簡直就是！簡直就是！說不下去了。」

「你眞有趣。」

「再爛的狗也會保護主人，發生事情一定會叫幾聲。貓你對牠再好，主人要是出事了，牠一定立刻逃走。貓會救主人嗎？什麼義貓救主那套故事，沒有一個是眞的，我活這麼久，從來沒看過貓會救主人的。」

「哈哈哈。」

「你有聽過哪隻貓會看家的嗎？小偷來了有用嗎？沒有跟人家走，被人抱走就好……就好了。」土狼狗吞了吞口水說。

「你真的很恨貓，好像有殺父之仇。」

「懶惰，要吃好的，喝好的，不高興就鬧脾氣，不吃、不喝、自虐、到處大小便、離家出走，還有最討厭的假聲假氣。」

「Rocky，小心高血壓、心臟病。」

「我只有糖尿病，心臟很好。貓不知輕重，也不量量自己的身材，再大的狗牠也敢挑戰；我還看過貓攻擊鱷魚的，真是自不量力。」

「嗯。」

「我最恨貓用爪子抓我的鼻子，太痛了。傷口好久都不會好，碰到水就痛，就發炎。」

「原來被傷害過。」

「就是陰險，貓！就是陰險。」

花麒麟再翻翻《因果報應實錄》這本書，他覺得這幾年自己的運氣很背，做事不成功，負債累累，會不會跟前世因果有關？要怎麼做才有機會擺脫惡運，一路亨通？

11 靈華寺可以訪問嗎？

麒麟施主：你好！

尊函敬悉，您所寄付的新台幣壹萬元整，亦已入帳，合十。

施主所提期盼至靈華寺拜見上潔下蓮法師（俗名陳玉嬌女士）一事，回覆如下：

法師年事已高，久已不見外客，且早已了斷塵緣，日夕以誦經傳法爲念，不暇及他，還盼施主見諒。

靈華寺歷年來以守靜爲主，少與俗世交接，亦無玄奇怪誕之事可供採錄，拜訪一事，實屬未便。

至如與樂天宮王爺三、四十年前結緣之事，上潔下蓮法師不復記憶。靈華寺自來佛道相離，甚少混同。

施主另有事相囑，亦或有意從法皈依，尚請至香光大廈二十九樓五十一室隱禪道場聯繫。以上

尚祈佛菩薩保佑

執事比丘尼明心　敬覆

12 宮廟要掛誰的匾？

在奇珍市開了五間檳榔店的柯鎮東，講了幾次說要過來找阿棟伯和許老仙。這天終於約好，兩人坐在樂天宮的方桌旁等待，花麒麟過來幫忙泡茶，陪老前輩一起聊天。柯鎮東來的時候，土狼狗便警覺地站起來，走過去聞了聞這個穿橘色T恤、牛仔褲，表情曖昧的人，然後搖搖頭，走到一邊，坐了下來。

「有人開車去撞慈夢宮前殿的天公爐，你有聽說嗎？」柯鎮東說。

「好大膽！爲了什麼事，沒有抓到嗎？」穿著白色台灣衫的阿棟伯有點激動地說。

「還不是爲了那個匾的事情。」柯鎮東說。

「什麼匾？」身穿灰色汗衫，老舊西裝褲的許老仙說。

「一派說要去請蔡總統的匾，一派說不要。」柯鎮東表情有點幸災樂禍。

「之前那個靈霞宮請到陳水扁的匾，放在一進門抬頭就可以看到的地方，正中間的位置歐！當天大家說靈霞宮的定光祖師全身顏色都變綠了，還發出霞光。後來陳水扁出事，有人說要把它換掉，換成馬英九的，原來的董事會不肯。」阿棟伯聲音大起來。

「嘿嘿嘿，確實的事。」柯鎮東說。

「但是另外一派的人還是去請了馬英九的匾，說要放正中間最高的位置，把陳水扁的放到後面去。很多信徒不願意，鬧很久，後來還是沒有動，馬英九的匾就放到右邊去。只是這樣一亂，很多信徒都不去了。」阿棟伯說完了這段話，有點喘。

「後來還是照原本的嗎？我有去過幾次，沒注意到。」許老仙說。

「還是照原本，我有看到。」柯鎮東說。

「很多宮廟也是這樣啦，那個精忠廟有沒有，也是這樣，馬英九的放正中間，陳水扁的放旁邊，因爲精忠廟那邊藍的比較多，所以沒出什麼事。前兩年還是有去請蔡英文的匾啊，放中間第二層，看起來還好，三個總統都有匾，算是雨露均霑，公同共有。」許老仙說。

「老仙知道不少。」柯鎮東擠眉弄眼地說。

「世道不清，人心不古，現在很多廟很亂，歹做人。」許老仙說。「確實，人亂，神也亂。」許老仙又補了一句。

「講起來鏡照宮是怎麼回事？算大廟咧，好像沒有要請總統的匾。」阿棟伯說。

「一派信徒不肯掛，說這些總統不夠格，肉眼凡胎，怎麼比得上神仙。一派說只是爲了做面子而已，應該都要去要。」柯鎮東說。

「沐猴而冠爲哪椿？那一間跟別人不一樣，神都自己安、自己封的啦，十六羅漢一定要說成十六尊者。」許老仙用吟詩的腔調說。

「確實、確實，自己講的，大部分的神都沒聽過。」柯鎮東說。

土狼狗瞄了花麒麟一眼，花麒麟看了看神龕上的憨慢王爺，土狼狗張嘴打了一個很大的呵欠。

憨慢王爺偷偷地聳了聳肩。

「鏡照宮——」花麒麟輕輕地說了聲。

「開車到慈夢宮撞香爐，聽說就是有人不爽這個。」阿棟伯用手掌抹抹臉上滲出的汗。

「有錄到嗎？」許老仙說。

「有啦，有錄到啦，知道是誰啦！只是廟裡不想追究，自己人啦，只是要那個人跟媽祖賠罪，買新的天公爐就好。」柯鎮東說。

「這麼簡單解決？」阿棟伯說。

「當然啦，我有出面招大家來講一講，廟的董仔、幾個委員有看我面子。總統是八年，媽祖是幾千年，沒必要。」柯鎮東說。

「你講和的歐，一口定江山。說實在的，你這樣講有理。」許老仙說。

「撞天公爐這個也是認識的，都是聯誼會的，鬥陣七、八年了，我講話他有在聽。我問他闖這麼大禍，要公了還是私了？」柯鎮東說。

「結果呢？」許老仙說。

「這個人撞天公爐第二天，右腳向內彎，變成橫的，像這樣。」柯鎮東一面說一面站起來做動作，向前踉踉蹌蹌地走了幾步。

「歐！」許老仙應了聲。

「不能走了，不會走路，不能出門了。」柯鎭東說。

「報應來了。」阿棟伯說。

「本來還鐵齒，一直罵裡面支持阿扁的人，結果第三天，舌頭腫起來，話講不出來。」柯鎭東張開了嘴，用手指裡面肥肥的舌頭。

「你敢有看到？」阿棟伯說。

「親目珠看到。」柯鎭東用力地點頭。

「後來就同意了，千金難買早知道。」許老仙說。

「不要一直用成語啦，聽的人會倒彈！」阿棟伯滿臉不高興。

「再不同意，死路一條。我跟他講，不只是他，還禍及子孫歐。」柯鎭東齜牙咧嘴地說。

「這樣講也有道理。」許老仙說。

「人家說電線杆上的鳥，柯鎭東都有辦法把牠騙下來。」阿棟伯說。

「阿棟伯別這樣講，我也是爲地方做事，爲神明服務，跟你一樣。你好，我好，神明好，大家好。」柯鎭東很認眞地說。

「嘿嘿嘿。」花麒麟很開心地笑了。

「阿棟伯，講實在，樂天宮有要放匾嗎？」柯鎮東說。

「不用啦，我這個匾額還是以前市民代表吳勝利送的，這樣就好了。」阿棟伯搖搖手說。

「我有關係呢，至少縣長也可以啊。」柯鎮東說。

「免了、免了，我這個樂天宮經過五個總統、十個縣長，還沒有倒，比他們還厲害啦。」阿棟伯喘著氣說。

土狼狗和花麒麟不約而同地看向憨慢王爺，王爺噘起嘴，點點頭。

「我去問一問縣長好了，反正快要選舉了，講一定會有。」柯鎮東說。

「我們這個宮怪怪的喔，他會要嗎？瞞者瞞不識，識者不能瞞。」許老仙說。

「講講看好了，講講看好啦。講實在，每個宮廟都怪怪的，我們這些凡夫俗子看不懂啦，神的世界誰講得清，誰敢說哪個神怎樣哪個鬼怎樣，對莫？做縣長的不敢多講什麼啦。」柯鎮東滔滔不絕地說。

「要多少錢，講好來，不要像上次一樣，搞不清。」阿棟伯又用手掌擦擦臉說。

「多少錢歐，要問一下。」柯鎮東摸摸頭說。

「要錢歐！」花麒麟問了一句。

「老兄弟，什麼事不要錢，大家要生活，選里長五百萬，議員三千萬，縣長好幾億。選舉要花錢，我們這種角色也要生活，對莫？」柯鎮東正色地說。

「是是是，這方面我要再學習，向鎮東兄學習。」花麒麟抱著拳說。

「多謝你這麼熱心，這邊幾票我會幫你拉啦，名單到時候開給你，跟前幾次一樣，銀貨兩訖，互不相欠。」許老仙說。

「看！叫你不要一直用成語，倒彈！」阿棟伯罵了粗話。

「阿棟伯，許老仙街頭巷尾通人知，樂天宮這一帶的人還是很死忠，憨慢王爺還是很厲害。」柯鎮東說。

「不只溪水里這一帶，全省也都有信徒。最興的時候，王爺做生日有搭舞台，謝雷啦，陳今佩啦，羅霈穎啊，金佩姍啊，都有來這邊唱過歌呢。」阿棟伯聲調高昂地說。

「是是是，頂港有名聲，下港有出名，一代女皇金佩姍都來了，黑道白道通人知。」柯鎮東說。

「嘿嘿嘿，講得好，財源廣進達三江，生意興隆通四海。」許老仙拍了一下大腿說。

「豬哥亮、鳳飛飛本來也有要來。」阿棟伯說。

「不知道豬哥亮有沒有來求過明牌？」柯鎮東帶著諂媚的笑容說。

「這是祕密啦！」阿棟伯突然變得很大聲，腰挺直起來。

「有人在傳，說有偷偷來過。」柯鎮東說。

「豬哥亮、卓勝利、小亮哥這寡人有沒有來看明牌，不能說，這是江湖道義！」阿棟伯拍著胸口說。

「憨慢王爺不是嘐潲的，確實有靈感。」花麒麟說。

阿棟伯額頭冒著汗，睜大眼看看花麒麟，點點頭。一旁的土狼狗前腳挺直起來，耳朵向前傾，精神奕奕的。

13 厭貓症

「貓除了抓老鼠以外沒有用，現在貓連老鼠都不用抓，更沒有用了。」土狼狗說。

「現在的人太寂寞，太無聊。」花麒麟說。

「就只要陪，就只要玩鬧，很多狗也可以做到這樣。」土狼狗說。

「沒有錯，有些狗我看了也很不順眼，根本不知道自己是狗這件事。」花麒麟說。

「狗可以看家、拉雪橇、打獵、當保鑣，還可以牧羊、追蹤逃犯，用途可多了。」土狼狗很自信地說。

「現在的人不要貓有用，就是要看貓沒有用，不負責，總而言之沒有用才最有用。」花麒麟說。

「狗就是一種力量，你了解嗎？比如說罵人『狗東西！』多有力量，罵人『貓東西！』就變得很無力。」土狼狗說。

「有點好笑。」花麒麟咧咧嘴。

「比如說，你們這對『狗男女！』多強啊，讓人受不了。」

「是、是，罵人『貓男女！』感覺很滑稽。」

「狗可以訓練表演，馬戲團有很多狗的節目，貓完全不行。」土狼狗說得很肯定。

「對對，有狗的表演團，我看過，貓好像……？」花麒麟說。

「養貓基本上就是種浪費。」土狼狗說。

「哇！眞敢說。」花麒麟伸伸舌頭。

14 你到底是叫什麼？

「王爺，祢到底是叫憨慢、顢頇、限眠、陷眠，哪一個？好像也有人叫祢憨笑、見笑。」

王爺笑了笑說：

「隨意啦，反正都對。」

「名字很重要啦，給人叫憨慢，聽起來就很沒用。」

「很多人叫聰明結果不聰明，叫棟樑的結果是朽木，叫萬金的是窮人。」

「憨慢的還是憨慢。」

「不會啦，堂堂一尺六寸的王爺，在這個角頭也算是威風八面。」

「沒有志向。」

「嘿嘿嘿。」

手機忽然連續「叮、叮、叮」的響了好幾聲，花麒麟低下頭滑了滑，原來是「熱帶水果」的小野妹和「南國菁英交流」的雅音，這兩個在交友ＡＰＰ認識的新朋友傳來訊息。

小野妹聊了七、八天，今天終於願意向右滑，配對成功；雅音則是很快，不到兩天就接受了，而且兩人幾乎是同時傳來訊息。他樂滋滋地立刻開始回覆。「星座紫微」的愛情運勢說這個月「特別需要情人的關心，對方的溫柔，能解除你心中的煩悶」，說得眞準確。花麒麟在手機上回了一陣子，突然想到什麼，猛然抬起頭，看看神龕上的憨慢王爺。

王爺半閉著眼睛，好像快睡著的樣子，看起來並沒有要怪罪的意思。

15 陰廟還是陽廟？

穿著黃椰子色台灣衫的阿棟伯，和花麒麟一起坐在樂天宮的板凳上。

「上次我來，許老仙問我，這間是陰廟還是陽廟？」阿棟伯說。「我聽無，你有去幫我查嗎？」

「有啦，有啦。」

「老仙去住病院，這次比較嚴重。」

「是啊，恐怕要一、兩個月，腎也不好。」

「我看不只，糖尿病幾十年了，又有白內障，眼睛快要瞎了。」阿棟伯比比眼珠。

「這樣啊，麻煩啦。」

「話再說回來，什麼叫作陽廟還是陰廟！我這間香火這麼旺，人來來去去，王爺勒，王爺怎麼會是陰廟。」

「來來來，我看到一張表，看你是陰廟還是陽廟。」

「什麼表？」

「專家學者做的。」

「什麼專家學者，有很多來我這裡問事，要我幫忙解籤詩，醫生、律師也有，做一途騙人。」

「很多都是半夜三更才來，怕給人知道，我跟你講，一定要親自去拜訪一下，要害死別

一途，這就是江湖一點訣。」

「眞的齁。」

「我有聽說，三蠱大帝很邪，我去拜訪過兩、三次了。」

「什麼宮廟都一樣，什麼神什麼鬼都一樣，有靈通、有感應最重要。」

「有道理。」

「癌症、腎臟病來我這邊求，醫好的也有啊。」

「要看嗎？這個表。」

「要要，你用講的，我老花眼鏡沒帶，看不到。」

「好好好。」

「第一個，供奉墓碑或牌位，轉爲供奉神像，聽有嗎？」花麒麟拿出筆準備勾畫。

「我這裡哪裡有墓碑，本來就是神像。」

「好，第二個，三面壁轉變爲有廟門。」

「沒有廟門。」

「焚燒銀紙轉爲兼燒金、銀紙。」

「本來就燒金紙，有人不懂，會來燒銀紙，我沒計較啦。」

「是普渡還是過生日。」

「這個你不知道嗎？王爺本來就有生日，做很大，契子、契女回來的很多。以前還有做戲，搭檯子請歌星唱歌。」

「對、對、對。」

「無特定管理人員變爲成立管理委員會。」

「管理委員會一直有啊，主委也有改選啊，有照法令來。」

「眞的歐？」

「什麼眞的假的，有資料可以查，開會紀錄都有，資料都有報上去。」

「我以爲一直都是阿棟伯。」

「許老仙、死忠的、靜香，都有當過。不改選違法，我不會做違法的事。」

「是是。」

「無分香變成有分香。」

「全省只有一家，沒有分號，以前有人要來分靈，被我趕走。香爐的香灰確實有被偷挖過，但是我們這尊王爺，沒有師傅雕得出來，太特別。用偷的沒有用，沒靈氣。」

「聽說以前有很多尊憨慢王爺的複製品，他們說是阿棟伯答應的。」

「答應是有答應幾個，錢都沒有付，有的只付訂金。憨慢王爺不高興，所以不承認。」阿棟伯臉色有點灰暗，皺紋加深，聲音有點沙啞。

「無籤詩設備變成有籤詩設備，這個沒問題，有籤詩筒，只是現在沒有在用。再來是有神蹟。」

「神蹟？你看呢？沒神蹟，王爺廟可以在這裡三、四十年？我們就是靠神蹟起廟的，憨慢王爺遭水劫，選擇停在這裡就是神蹟。」

「對啊。」

「神蹟太多了，三天三夜講不完。」

「最後一個，有沒有經？」

「經很多啊，你看那邊，大本小本，硬皮的，平裝的，錄音帶，ＣＤ，幾百本。」

「那是善書和經書，這個講的是王爺自己的經。」

「自己的經？什麼？」

「像是觀世音有觀世音的經，彌勒佛有彌勒佛的經，地藏王有地藏王的經。」

「這樣歐，不知道耶，我們都是唸佛經啊。」

「憨慢王爺經，嗯，聽起來不錯。」花麒麟忽然覺得滿有趣的。

「對齁，媽祖有經嗎？土地公咧？」

「有、有，我有聽過、看過。」

「我們暫時沒有，看看以後找人來寫。」

「嗯，感覺沒有很難，很多抄來抄去，內容差不多，太陽經、太陰經都很短。」

「你會寫嗎？」

「嘿嘿嘿。」

「最後一項了？還有嗎？」

「對、對，還有香火盛不盛，有些陰廟、有應公廟、孤魂野鬼廟因爲香火盛，廟興就從陰廟變成陽廟。」

「樂天宮很興啊。」

「現在好像……」

「有差一點而已，差一點而已。」

「有陰廟變陽廟，有陽廟變陰廟。」

「不管那麼多，我們這個宮到底是陰廟還是陽廟？」

「根據這個表的算法……」

「伊娘卡好的。」阿棟伯罵了一句。

「我個人覺得應該是陽廟。」

「陽廟就陽廟，什麼個人覺得！現在年輕人就是廢話太多。」

「嘿嘿嘿，就是這樣啦。」

「幹！做得好，有賞。」阿棟伯拍了一下大腿說。

16 憨慢王爺該不該整容？

「阿棟伯有吃藥了嗎？每天都要吃。」

「每天都吃，心臟藥、血壓藥、攝護腺藥、胃藥、止痛藥，最少七、八顆。」

「不能斷歐，我哥哥好像幾天沒吃，差點心肌梗塞死掉，還好送醫院快。」

「賺錢有數，不要太拚命，不要糟蹋身體。我知道要吃藥，還要回診，我兩天不吃藥就危險，我還不想那麼早死。」

「對對對，要保重啦。阿棟伯你有想過嗎？我認識一個師傅可以修神像的臉、身體，衣服也可以。」花麒麟很認真地說。

「我知道，有聽過，還可以幫祂整容。」

「對啊，我那天去高雄的一間廟，感覺那個神像跟以前看過的不一樣，好看很多。裡面的人告訴我說，有人專門在幫神像美容的。」

「我想起來了，不要比較好。」阿棟伯用手掌抹抹臉說。

「怎麼了？」

「老實講，以前很多人很嫌憨慢王爺的樣子，一直講、一直講，最後我擋不住了，去找了一個師傅，重新刻了一個神像。」

「是照憨慢王爺的樣子刻的嗎？還是？」花麒麟覺得很好奇。

不遠處的竹林邊有隻橘色貓，趴在那裡，聚精會神，十分專心地看著樂天宮。

「比較像池府王爺那一型，又新又大尊，按照規矩來開光、登龕的，儀式做兩、三天。」

「這樣啊，結果呢？」

「效果非常好啊，很神啊，明牌報得也不錯，十支中三支，比較小支是眞的。」

「眞的歐，原來的呢？」

「收起來啊，放到我家去啦。用一個神龕框起來，整個包起來，總是開山的王爺，不能隨便丟掉、化掉。」

「有這樣的事，後來呢？」

「沒半年就被偷走啦，漂亮的王爺沒有用，狗也沒有用。」

土狼狗歪過頭去，假裝沒這回事。

橘色貓朝著這邊，嘴巴一張一合的，好像在說什麼。

「有找回來嗎？」

「有找回來，過沒幾天神像被人家倒過來放，頭放在地上，腳朝天上。」

「哇！這個是報復。報錯牌，損龜很大。」花麒麟接著又問：

「沒有要裝鐵欄杆歐？白鐵那種。」

「王爺不肯，說不想坐牢。」

「狗也沒辦法啦，說不定那個人有帶刀子，不過那時我還太小，不懂什麼事。」

土狼狗仰起頭看過來。

「應該跑到家裡來叫我。」

「來不及啦。」

「想到就氣。」阿棟伯斜眼瞥瞥土狼狗，怒聲地說。

土狼狗站起來，垂著頭，走到一邊。

「確實很爲難，後來……」

「最後只好把祂退神，廢掉了，再請這一尊出來。」

「我是想說美容，很多電影明星、模特兒、歌星、政治人物都有在美容，拉皮啦、豐胸啦、割眼袋啦、打玻尿酸啦，稍微修一下也不錯啊。」花麒麟一面說，一面看著神龕上的王爺。

王爺好像不高興，噘起嘴，臉色變得很差。

「我看是不用啦，要出門好幾個月，宮裡沒神怪怪的，錢又很貴，大家習慣這樣啦，本來就長這樣。」

「說不定王爺會喜歡，要不要擲筊一下？」

「免了，免了，我這麼老了，給別人去做了，沒力氣了。」

「說得也是，交棒給年輕的。」

「啥？你說啥？」阿楝伯的眼睛突然亮了起來，呼吸變得又濁又重。

「沒有、沒有，阿楝伯身體很勇健啦，眞正的。」

「汪！汪！汪！嗚，汪！汪！」

土狼狗忽然狂聲大叫起來，嚇了兩人一大跳。還不知道怎麼回事，牠就向前奔跑過去。那隻被牠追逐的橘色貓，快速奔跑起來，繞了一圈，還向宮這邊跑來。

土狼狗又吼又喘地跟著跑來跑去，嘴角都是口水和白色泡沫。

「好了、好了。」阿楝伯叫牠。

土狼狗重重地喘著氣，跑不動了，停了下來。

「Rocky、Rocky，怎樣啦？」花麒麟說。

土狼狗累得趴在地上，眼睛泛著淚水，口水不斷地滴下來。

「老了，不要這樣玩。」阿棟伯又說了句。然後揉揉膝蓋，扶著腰站起來。「應該追的不追，追貓幹什麼！」

「我來去了，美容的事不要再講了。」阿棟伯又說了句。

「好啦、好啦，騎車小心。」花麒麟說。

阿棟伯剛走，土狼狗便恨恨地說。

「牠罵我們狗，嗚嗚。」

「罵什麼？這麼氣！」花麒麟說。

「牠說狗——才會吃屎，貓不會。」土狼狗說。

「哇！眞的耶，不過這句話太傷狗了。」花麒麟拍著手說。

「死也要跟牠拚，下次、下次不要給我堵到。」土狼狗咬牙切齒地說。

17 無師自成王

「憨慢王爺有師父嗎？」花麒麟問。

「嗯。」

「孫悟空拜菩提祖師學七十二變，媽祖的師父是玄通道長，陳靖姑的是許眞君。樊梨花拜梨山老母爲師，學會移山倒海，又有攝魂鈴、綑仙繩、誅仙劍、黃龍旗、五雷符，好多法寶。」

「王爺沒有師父。」憨慢王爺口氣很嚴肅。

「眞的嗎？好像是。」

「王爺就是王爺。」

「講不通。」

「我們是地方軍頭，身邊跟著的是同生死、共患難的子弟兵。王爺通常都是戰死的、殉難的，沒有學道術。」

「地方軍閥！」

「咳、咳，這樣講也有道理。」

「你的問題很多。」

「祢想變成正神嗎？」花麒麟接著問。

「當然想，很多孤魂野鬼、樹精、蛇精修鍊多年，就是想變成正神。」

「沒有流血不行。」

「是嚜。」

「關公、岳飛、張巡、許遠、雷萬春這些都是流血才變成王爺。」

「一定要流血，唷！」花麒麟嘆了口氣。

18 光榮的投降

○月二號，花麒麟點開「星座紫微」。天秤座。

事業運勢　四顆星：☆☆☆☆

工作運極佳，過去所學的知識派上用武之地，讓你大顯身手。

財運運勢　三顆星：☆☆☆

財運上升，有機會享受到一頓免費的午餐。

愛情運勢　五顆星：☆☆☆☆☆

有月老相助，主動向對方示意，就大有希望從朋友變爲戀人。

這個月的運勢好像不錯，但很多預測常常不準，或者文不對題。不過習慣要看一看，不看不安心。好的運勢預測，眞的會讓整個月的心情很好，充滿期待。

企劃書上列了麻蘭鄉的觀音大士廟，還有歷史悠久的麻蘭媽祖。但麻蘭鄉每年最熱鬧的祭典不是觀音成道日，也不是媽祖生日，而是中元節。這個普渡衆鬼的日子，非常盛大，人山人海，靈蹟很多。

花麒麟來到麻蘭鄉，參觀了知名的觀音大士、麻蘭媽祖。觀音大士廟的主神很有歷史，臉孔盡是煙燻痕，但身上的衣飾很新。左側是延平郡王鄭成功的坐像，右側是開漳聖王。開漳聖王神像比主神和延平郡王還要大很多，姿態威嚴，腳下踩著巨龜，英氣逼人。看得出來，聖王陳元光是在地人心目中最重要的神祇。

走出這座地方大廟，看到馬路前方有一間小祠，牆上掛了幾條黃色、紅色布條，紅布條上用黑字寫著「安福祠」。有不少人在那兒或坐或走動，香火看起來很旺。

「安福祠」門柱、花窗顏色紅紅的，門聯的字用金漆漆得亮閃閃，有幾個中老年人坐在那裡泡茶。這座祠除了拜土地公之外，最主要是供奉忠義的「男女孤魂」、「衆老爺」。根據祠內提供的簡介，祠內祭拜的是無主枯骨和抵抗日本人入侵時被殺的鄉民。因此，第一對柱子上的對聯，包括了「俎豆千秋」、「忠魂義魄」、「抗倭不屈」、「血戰保鄉」等詞語。

一位戴著黃色帽子，坐在那裡泡茶的老人，向花麒麟招招手，示意要他過去。

花麒麟坐了下來，和泡茶的老人點點頭，自己拿起茶壺倒了一杯茶。

「這裡是拜被日本人刣死的神。」花麒麟問。

「這喔，是啦。」戴黃色帽子的老人說。

「以前刣死很多，死在這裡，沒人管。」另一位嚼著檳榔，牙齒褐黑的老人說。

「蚵寮大屠殺，你沒有聽過，總共刣死四、五千。」黃色帽子老人說。

「哇！眞的假的。」花麒麟說。

「雲林比較慘，死上萬人。」一位銀白色短髮老人說。

「這麼多！沒有啦，當時一個村才多少人？打不贏要投降啦。」花麒麟說。

「投降也沒有用，投降更糟糕，照樣殺。」黃色帽子老人說。

「我知影很多投降的比較好，還做大官，發大財。」花麒麟說。

「我們這裡沒有這樣的人，死的攏是憨百姓。」銀白色短髮老人說。

「眞的嗎？敢是其中有什麼緣故，要查查。」花麒麟說。

「有啦、有啦，怎麼沒有？講出來不好意思。」黃色帽子老人說。

「你講的也有理，被人刣死變成鬼給人拜，還不如忍耐活下去。」嚼著檳榔，牙齒褐黑的老人說。

「人家也是有才調。」花麒麟說。

「說起來，打不贏就投降，也很光榮啊。」嚼著檳榔，牙齒褐黑的老人說。

「光榮!?」黃色帽子老人提高音量說。

「你看！台灣這馬做大官的，最有錢的都馬是投降的後代，奸臣啦！」嚼著檳榔，牙齒褐黑的老人說。

眾人突然一陣沉默。

好一會兒。

「百工百業啦，各人各人的發展，各人各人的事業，趁食查某也是一途。」銀白色短髮老人慢慢地說。

「我們靠這些枉死的人吃飯也是一途。」

「跟趁食查某比？」黃色帽子老人說。

「莫閣講了，莫閣講了。」黃色帽子老人說。

「對，莫閣講了，莫閣講了。」銀白色短髮老人附和說。

「哇！」花麒麟驚嘆一聲，笑笑地舉起茶杯，喝了口茶。

「哼！」嚼著檳榔，牙齒褐黑的老人不服氣。

「憨百姓，不知輕重。」黃色帽子老人說。

「光榮的投降。」

花麒麟離開後，沿路一直在想這句話。

19 不倒翁

從麻蘭鄉回來後，花麒麟老是覺得心神不寧，那些墓祠裡的枯骨，不時在眼前浮現，鼻子裡還隱約聞得到燒香、金紙和屋子的霉味。在安福祠裡他感覺有幾個身形枯瘦，衣衫襤褸，留著辮子，腳穿草鞋，面目模糊的男子，想要靠近他；祂們嘴裡發出雜而低的哞哞聲，好像要說什麼。花麒麟搖搖頭，迴避了。

這幾個男子跟著他從祠裡出來，在大太陽下忽隱忽現一陣之後，便消失了。

「你這人就是做不了大事。」憨慢王爺揶揄地說。

「祢這個王爺不能談嚴肅的事。」花麒麟頂了回去。

「這種事這麼多，大驚小怪。」

「是嗎？感覺就很奇怪。」

「你在奇珍市不是有位翁同學嗎？」

「對對，在當市民代表，翁昭美，女強人，小學就當班長。」

「呵呵呵。」憨慢王爺笑了起來。

「喔——祢說她嗎？」花麒麟的聲音由低往高升起。

翁昭美清明節時在臉書上ＰＯ了一張照片，是她們家族墓園中一座很特別的「五烈士墓」。蓋這座墓的人是她的伯父翁明熙，這人曾經在二戰期間到南京爲日本人工作過一段時間。爲什麼會蓋這座墓？翁家的阿公曾經組織義勇軍抵抗日本軍，這五位烈士是翁家的義勇軍，但被日軍殺死。死後沒有家人收屍。翁家出面幫忙收屍、撿骨，後來還在家族墓旁搭了棚子放五人的骨灰罈。翁家後來沒有抗日了，光復之後立場有點尷尬。

墳墓弄好時，還請了地方政要一起參加落成典禮，記者有來報導，拍了照片刊登在報紙上。那五個人究竟是誰？三個只有姓，其中兩個只有綽號跟小名。花麒麟曾經在翁昭美的臉書上發問，但她支支吾吾說不清楚，總是推給過世的長輩。爲了想了解這座特殊的墳墓，他私下去了幾次，問了很多人。他們這樣說：

「這家人很有善心，會去收屍，所以子孫都很好，做大官的很多，積陰德啦。」

「翁家清朝就是大地主，土地幾千甲，日本時代做庄長、保正，國民黨來還是做大官、開銀行、做校長，沒敗過。」

「做人不錯啦，事業做很大，涵蓋貨運、客運、工廠，地方的事都有出錢，廟的事都有參與。」

「翁家要這樣做，一定有道理；有錢有勢人做的事，老百姓看不懂。」

不過也聽到了令人震驚的話：

「這個墓不是眞的，名字什麼的都是假的。日本人來的時候被殺死的人不少是眞的，這邊的人憨，被叫去打就去打，根本打不贏，死沒命的，但這五個人就是沒聽說過。」

「假墓!?」花麒麟驚嘆地說道。

「假墓很多啊，有些是墓老鼠偷占風水好的土地，預先做個假的放上去，待價而沽。有些人病重了，怕牛頭馬面來抓，就假死，還做假墓騙，看會不會渡過死劫。有的是預先選好地做好風水，等死了再進去。」憨慢王爺說。

「花樣眞多，我要不是接這個訪談的案子，對這種事還眞的不了解。」花麒麟說。

「大陸不是還有黃帝墓、大禹墓，那些都是假的，做觀光的。」憨慢王爺笑笑說。

「被日本人殺死的大部分有家人在這邊，問得到後代，這五個眞的問不到？」花麒麟說。

「以前有種玩具你知道嗎？外型像個酪梨，上半身做成達摩祖師，穿著袈裟，下半身圓鼓鼓的，東推、西推、南推、北推，怎麼推都不會倒，大力推、小力推，就是不會倒。」憨慢王爺說。

「好像有印象，紅紅的，是嗎？圓滾滾的，上面還有『福』字。」花麒麟說。

「東西南北推，大力、小力推都不會倒。」憨慢王爺說。

20 死亡漩渦

樂天宮前面的大榕樹下，有一群螞蟻正在轉圈子，轉了一圈又一圈，而且加入的螞蟻越來越多，轉的圈越來越大。從三十公分、半公尺，逐漸擴大到一、兩公尺。

「怎麼這麼多螞蟻啊？越來越多，原來幾百隻，幾千隻，現在恐怕上萬隻。」花麒麟說。

「不會停的。」憨慢王爺說。

「還在轉，還在轉，越來越多了，越來越多了，哇！幾萬隻有了。」

「前面——有好幾個螞蟻窩，這種螞蟻就是這樣——不會改變。」憨慢王爺緩緩地說。螞蟻一隻跟著一隻，就是這樣轉不出來，後面跟著前面，前面這樣轉，後面就跟著轉。

「要轉到什麼時候？」

「轉到全部累死爲止，這種事情發生過好幾次了。」憨慢王爺說。

「沒有螞蟻發現這個現象嗎？」

「有啊，你沒看到？」

「好像跑出來的，就被其他的螞蟻咬死了。」

「就是這樣啊。」

「第一次看到耶。」

「想死沒辦法，救不了，後面的螞蟻就都跟著走。」憨慢王爺點點頭說。

「王爺不會想要救牠們嗎？」

「執迷的叫不回。」

「我用竹子撥一下。」

「上次有一個吃齋唸佛的，用棍子去弄牠們，想要救，結果被螞蟻包圍，咬到渾身腫起來，差一點死掉。」憨慢王爺說。

「不知好歹。」

「現在如果有一隻別的蟲掉進去，或者是蝙蝠、或者鳥，就有救了，牠們會去吃那一隻蟲，咬那一隻蝙蝠，漩渦就會散掉。」

「這樣啊！」花麒麟張開嘴，驚訝地說。

21 冤枉的徐寶妹

徐寶妹提著一個花布袋，踉踉蹌蹌地走到樂天宮，跨步進廟後，把花布袋丟在木頭方桌上。

然後慢慢在台階上坐下來，嘴裡吐著大氣，用手背抹了抹額頭、臉上的汗水，接著伸手揉著膝蓋。

她頭上的白髮亂七八糟地垂吊下來，滿臉疲憊。一會兒，她舉起右手臂擦了擦流出來的鼻水。

休息了一陣子，站起身，來到木頭桌旁，慢慢地把花布袋解開，露出一顆發黃、發黑的頭顱。

徐寶妹捧起了這顆頭顱看了看。這顆頭的頭頂和兩頰，已被她的手掌摩擦得發亮。

她對著這顆頭顱喃喃自語：「阿德祢沒有保佑，我們的冤情沒人要理，沒有人要賠我們。」吞了吞口水，接著說：「阿德祢眞的是沒有路用，害我要這麼辛苦幫祢申冤，冤枉啊！這個王爺沒有用，我跟祂跪拜了好多次，上次說有希望了，會碰到貴人，結果也沒有，這個無效的神不要拜了！」

徐寶妹抬頭瞪了王爺一眼：「人家有跟我報一間比較有名的廟，聽說那裡的神比較好，會替我們申冤，這個憨慢的王爺沒有用！」

徐寶妹用手擦擦臉上的淚水和汗水，走到石桌旁提起上面的茶壺，倒了一杯茶。

喝乾了以後，她慢慢地走到頭顱旁邊，拉起花布四角，把布袋再綁起來。

「可憐喔，可憐喔，老公啊，祢眞的沒有用，帶祢去抗議好多次都沒有用，沒有人要賠我們錢，白白被汽車撞死！」

又看了王爺一眼。

「不要說五十萬，連五百塊都沒有。可憐吶，可憐，來去啊，老公！」

徐寶妹提著花布袋，慢慢地走了出去。

22 失神的石母

花麒麟走出後火車站，迎面而來的是連排的高樓。這排高樓六樓以下大部分是情調浪漫的賓館、旅社，以及異國風味的小吃店，網路上說這裡晚上非常熱鬧，五光十色，各類男男女女會在這裡出沒。印象中這些旅館之前幾乎都開設在前站，後站開通之後就遷來這裡了。若採訪順利，內容或線索夠多，晚上說不定可來投宿，體驗一下這裡的風情。

「星座紫微」愛情運勢說只要主動向對方表達，就會從朋友變爲戀人，是這樣嗎？交友軟體「熱帶水果」的小野妹一直約不出來，這個女子三不五時就會跟他要禮物，至今至少已要了三次以上，算一算也要三萬多塊；要不是被她嬌嬈的聲音、花俏的裝扮吸引，早就戳破她的招式了。那個「南國菁英交流」的雅音倒是見過一次面，她老是炫耀加拿大學歷，在米蘭、英國學過設計，和朋友在巴黎開過工作坊，優雅的姿態和說話用詞，讓他渾身陰冷，情慾全無，心想：這個女人的種種還是給別人享用吧。

根據夢影公司給的資料，石母祠距離這裡大概一公里左右，走路十幾分鐘就可以到。這個城市發展得很迅速，許多街道重新規劃，寬直的道路、地下道，讓行車更爲流暢。新規劃的街道建起了許多透天厝和公寓大樓，街道就命名爲新興街、東興街、南興街。花麒麟用手機的Google地圖找路，但爲了確保方向正確，還是一路問，幸運的沒有多繞路，在香北路二段和山陵路的交會處，看到夾雜在一排灰色店面之間，有棟與衆不同的建築物，那翹起的屋脊上有隻色彩斑斕的鳳凰，斜屋頂上鋪著黃色琉璃瓦，應該就是了。

走過充滿廢氣、灰塵、噪音，車來車往的大馬路斑馬線，來到這間小祠。

小祠最近才經過整理，遮陽架、地板看起來很新，前後四根樑柱紅艷艷的，正面「石母祠」三個字銀光閃閃，門口兩根柱子旁擺了大型花盆，大概是爲了防止人家停車，或是馬路車輛失控擦撞。

磨石子的供桌中央擺了一座暗灰色石製香爐，香爐兩邊各立著一個牌子，龍邊的牌子寫著「善信大德不可以點香」，虎邊的牌子說「來客不可以點燈」，後面的廁所也釘了一塊木牌，上面寫著「不可使用」。

那塊通靈的石母被細細密密，有如手指粗的白鐵柵欄保護著，必須靠得很近，才能很費力地看到裡面的狀況。在黑暗的神龕裡，褐黃色石母的上半部披著紅布，下半部安置在一塊木盤裡，因此沒辦法看到完整的模樣。石母旁邊則是一口水缸，這口一尺多寬的水缸，看起來年代不久，土黃色的缸面有著黝黝的光輝。此外，旁邊還豎著放在木盒中的烏賊殼，這條顏色暗灰的烏賊殼，被紫色的綢緞包覆著，有可能是當時使用過的幾百個裡留下來的眞品。

小祠的右側有座鋁製三層立櫥，櫥子裡放了些香枝、金紙、蠟燭，大概是提供管理人祭拜時使用的。龍邊牆壁上鑲嵌了一塊石碑，石碑上說明了重新修建的緣由，文字之後列了一長串捐款人的頭銜、姓名，大概是些在地工商界人士與政界人物。新石碑底下還留著一塊小一點的舊碑，舊碑上載明了最早立祠的緣由，以及捐地、興建者的頭銜、姓名。虎邊的牆壁掛有幾張年代久遠的照片，包括石頭、水缸，還有那個烏賊殼，應該是建祠時的原有物件。

這個小祠不像一般的宮廟可以隨意進出，借個廁所，坐在椅子上聊天或發呆。

根據經驗，石母祠應該會有很多的契子和契女，附近的人們會來擲筊請求石母收養，祈求守護嬰兒，讓他們無災無病，順順利利，長大成人。這裡似乎沒有換絭的紅線和銅錢等，神桌上也沒有擲筊的木片。

資料上提到石母祠的緣由，說是有位婦人撿到一塊形狀特殊的石頭，感覺祂非常有靈性，因此安在家中供奉、祭拜。婦人生前會用烏賊殼幫人刮痧治病，會唸咒幫人消災解厄。最神奇的是婦人家中那一口可裝十斗的水缸，聽說主人用完水後不用加水，水會自動滿起來。信徒如果來請這口水缸回去，在水缸進駐的時間裡，這家人就不必自己挑水了。當時爲了驗證眞假，有很多人特地去婦人家中觀看，據說看到水在水缸中自動升起時，有人當場尖叫，有人暈倒在現場。

之前有位老婦人會不定時出現在小祠前，身前排著幾個大大小小的水缸，說要賣給有緣人。前些時候台灣乾旱嚴重，石母祠的水缸故事和圖片在網路上瘋傳，造成一陣風潮，許多人要來買水缸，讓附近商家不堪其擾。但在網路上傳、分享消息的人，不久便被石母祠的管理人告上法院，警察也不時來此巡邏，相關的訊息才突然停止。

小祠正前方車來車往，空氣裡充滿了廢氣、灰塵、噪音，小祠右側的空地也停了好多車子。資料上說這個地方原來有一、兩百坪，種有樟樹、榕樹、竹林，但建築物現在看起來沒有二十坪，是怎麼了？花麒麟去過很多宮廟、墓祠，多多少少會感應到一些神鬼的訊息，聽到模糊的雜音，這裡卻是一片空白。

緊鄰有一間修車廠，一間薑母鴨店，接著是水電行、雜貨店、五金行、自助餐店，裡面的人表情都很冷漠，花麒麟不想上前去詢問他們。

這裡應該沒有神了吧！雖然重建得這麼新，整理得那麼整齊。

手上資料太舊了，從前有的神奇故事應該都不會再發生了吧？老婦人不可能出現吧？

樂天宮附近如果也變成這樣——有大馬路通過，商店林立，憨慢王爺和神鬼們也會待不下去吧。

「星座紫薇」事業運勢說這個月「工作運極佳，過去的知識可以讓你大顯身手」，看起來很不準。

前前後後拍了幾張照片，做了些筆記。花麒麟翻了翻企劃表，下次要去的是浮塵寺，是間位在半山腰，樸實、寧靜的廟，名氣不大，但據說有很多高人在其間來來去去，有緣的人才能夠遇見。

23 水頭仔伯公娶細姨

街頭巷尾傳言很久，籌備多時，土地公娶細姨的事終於成眞了。

整個宮廟張燈結綵，喜氣洋洋，娶新娘的轎子就停在大榕樹下。還有好幾桌的人在喝酒、划拳，大小聲地喧譁，熱鬧滾滾。

水頭仔伯公這次娶的福德婆，來自大陸廣東梅縣。

事情起源於管理人阿海作夢，夢到伯公說要娶一個土地婆未出嫁的妹妹。剛開始大家覺得匪夷所思，紛紛反對。更何況水頭仔伯公原來就有一位土地婆作伴，竟然還想再娶一個大陸的，大家都很想不通。有人認爲是阿海跟玄天上帝、媽祖到大陸謁祖，進進出出幾次之後，頭腦被那邊的神靈控制了。也有人說市場賣魚的阿明、賣水餃的樹仔，以及街上好佳自助餐店的老闆娘，都是大陸嫁來的，很有手段，幫先生做生意，賺了很多錢，阿海心裡很羨慕。

奇怪的是擲了很多次筊之後，伯公的指示越來越清楚，甚至指出是梅縣什麼地方哪一間廟的。福德祠內的幾位委員不得已，先是用電話聯絡，確定了那個地方有一間叫「三星」的土地公廟，又知道廟裡的土地婆有未出嫁的妹妹，跟伯公託夢說的一樣。雙方談了幾次之後，這邊的人找了好日子過去拜訪，沒想到對方也說兩年前就聽到指示，說土地婆的妹妹想到台灣，只是沒有說出確切的時間和地點，沒想到應在這裡。兩個廟的頭人商議之後，慎重地焚香擲筊，取得了土地婆妹妹同意，又幾番斟酌，選定好日子，將祂們倆送作堆。

迎娶的這天，共包了三輛遊覽車載客人，用十幾輛賓士車當前導，到溪水里時，廟方準備了一個非常漂亮的轎子請新娘入座，又有媒人婆穿梭，招呼雙方，全台有名的廖家八音團隊一路演奏仙樂。來自張天師府的師公在良辰吉時唸了一篇疏文，敬告天公、上天諸神，兩廟合和，家庭和諧，賜福地方。眾信徒供奉了十幾件新衣服、金牌、首飾、禮餅、檳榔、香菸、花雕酒、米酒、檀香、長串鞭炮，對方也來了十幾個人，帶來許多貴重的禮物，地方土產，誠心地來結親家。

熱鬧非凡的儀式完成之後，中午席開三十桌，宴請遠道來的嘉賓以及參贊貴賓。

花麒麟、許老仙和福德祠信眾坐在一桌，阿棟伯和另外一批宮廟主持人坐在一起，大家都很興奮地談著這個非常神奇的婚禮，讚嘆這實在是奇緣、奇緣，妙不可言。天氣很好，艷陽高照，大家都頻頻舉杯，汗流浹背，喝得很盡興。

還在住院的許老仙竟然跑出來參加，他說有向醫院請假，但眾人半信半疑。

許老仙用手掩著嘴，跟花麒麟說：

「憨慢王爺那時候也跟阿棟伯講說看上一個女的，想找來作伴。」

「眞的啊！我完全不曉得有這件事，後來怎麼沒有成？」花麒麟感覺很興奮。

「他看上那個太陰娘娘旁邊的一個侍女啦。」

「我知道魚頭山太陽廟，那一間裡面有一個太陰娘娘。」

「對、對，就是那一間，不知道憨慢王爺什麼時候去那邊，又看上她。」許老仙眨著霧茫茫的眼睛說。

「有去講嗎？哇，這個太有意思了。」

「有去講啊，對方不同意啊，擲筊了六、七次，叫天不應，求神不准，沒有一次聖筊。」

「天啊，竟然是這樣。」

「憨慢很傷心齁。」

「阿棟伯心情更不好。」許老仙用手背擦了擦眼珠。花麒麟知道他白內障滿嚴重的。

「面子問題啦。」

突然間，阿棟伯那一桌傳出吵鬧聲。阿棟伯和同桌太子宮的嚴三暉吵了起來，雙方先是互丟碗筷，不一會兒竟然站起來互相拉扯。旁邊的人急著勸架，兩人越吵越大聲。花麒麟趕快放下碗筷，走向前去。阿棟伯滿臉通紅，身體都濕了一半，嘴巴說著一些有的沒的。頭髮灰白的嚴三暉不甘示弱，不停叫罵。

花麒麟硬是從兩人中間擠了進去，說著：「喝醉了，我帶他走，我帶他走。」

阿棟伯被花麒麟半拖半拉，心不甘情不願地離開酒席，嘴巴還不住地訐譙。

離開熱鬧的場面回到樂天宮之後，阿棟伯倒在可以躺下的藤椅上。花麒麟倒了一杯茶讓他喝下去。

「不是我在講，原來就有老婆了，幹嘛還去娶一個大陸的，莫名其妙！都是騙人的花招了。」

「阿棟伯別生氣，你的頭很昏鮐，血壓高起來，危險啦。」

「不知道誰給阿海出了這一招，莫名其妙！還搞這麼大，你看大陸來的那一些人，穿西裝的那幾個，水準很高，跟我們這邊的人不一樣，一看就知道不是眞正在拜拜的人啦。」阿棟伯的呼吸很用力，喘氣聲很大。

「不會啦，不會啦，熱鬧就好。」

「你根本不懂這裡面的學問，以前我們就要找一個……」

土狼狗不知道發生什麼事，匆匆走過來。

「許老仙說以前要給憨慢王爺找一個娘娘。」

「講到這個事，我就很生氣！」

花麒麟看向神龕，發現王爺臉孔發紅，額頭發光，有點冒汗，竟然撇過臉去。

「太陽宮那邊的人很不給我們面子。說實在的，堂堂王爺要娶一位侍女，有什麼不好！」阿棟伯用拳頭捶了一下藤床。

「太陽宮有一段時間很興，很多活動歐，重陽節發敬老金，辦書法比賽，ＫＴＶ歌唱比賽，社區媽媽土風舞班，活動很多。」花麒麟說。

「對啊，姓賴的總幹事很會做啊，那時候眞的很熱鬧，但是就看不起我們樂天宮。眞可惡，看高不看低。」

「後來好像有很多糾紛，還告到法院去，對不對？總幹事還鬧雙包，報紙登很大。」

「囂張沒有落魄的久。」

「阿棟伯，休息了，休息了，休息、休息，別再說了。」

「嗯，做人做啥都不能太過分。」

阿棟伯打了一個嗝，放了兩個屁，閉上了眼睛，長長地嘆了幾口氣，雙手放到胸口。

這時許老仙慢慢走了過來，手上提了一個塑膠袋。

土狼狗看到他，又聽到塑膠袋的聲音，搖起了尾巴。

許老仙走到宮旁，把塑膠袋裡的骨頭倒了出來。土狼狗過去聞了聞，咬起幾塊骨頭啃了起來。

花麒麟也給許老仙倒了一杯茶。

藤椅上的阿棟伯半張著嘴，開始打起呼來。

「那個時候阿棟伯帶了很多禮物去給太陽宮，有化妝品、項鍊、手環等，十幾項，還出動了媽祖廟的主委、縣議員去跟他們說。但是千軍萬馬，徒勞無功。」

「這樣齁。」

「阿棟伯這個人很有齣頭，那天還帶了一包相思豆。相思豆你知道嗎？紅色的喔，又大粒又漂亮，放在供盤裡面，擺到那個侍女的前面，還說是憨慢王爺交代的，要他拿來送給這個女的。」

「這招太厲害了。」

「那個女的皮膚白，身材又好，臉孔溫柔，千嬌百媚，眞水。」許老仙眨著迷迷茫茫的眼睛說。他的眼皮下垂、浮腫，佈著黑暈。

花麒麟回頭看神龕上的王爺。王爺竟然完全轉過身去，背對著他們，看不到祂的表情。

「沒想到阿棟伯這麼高招。」

「還有去給這個女的手綁了紅線。」

「這麼浪漫。」

「七講八講，還是講不通啊，禮物全部退回來。」

「太不通人情。」

「那時候樂天宮也沒很好。大家樂不流行了，你看連王爺四月初七過生日，也只有幾個人送壽麵、壽桃，三牲沒幾副，包紅包的沒有二十個，祝壽的音樂和鞭炮都是用錄音帶放的，實在是，老太婆過年，一年不如一年。」

「說得也是，聽說那天阿棟伯是穿長袍馬褂，坐在這裡，很正式歐。」

「今天水頭仔伯公娶細姨，他心情不好啦。」

「原來如此，沒講都不曉得。」

「明修棧道暗渡陳倉，說實在，我們也不知道王爺什麼時候愛上那個女的，也是眞厲害，偷偷來喔。」

「哈哈哈，沒想到我們王爺也是多情種子。」

「太陽宮後來也沒有很好，內亂，現在香火也不好，有一個市民代表新接主委，說不定又會興起來。」

阿棟伯的打呼聲越來越大，呼吸得很用力，滿是皺紋的臉孔變成醬紫色。

「後來就沒有往來了，王爺是不是還有偷偷去？」

「沒有啦，這個事我知道，去年大地震有沒有，這邊震很大，太陽宮很多神像倒下來，因爲是泥塑的，損失很慘重。」

「難怪，我在網路上有看到太陽公和太陰娘娘的神像重新塑過了，還把新的和舊的貼出來對比，感覺新的做得比較好又大尊。」

「後來沒有用泥塑的。我和阿棟伯有過去看，我跟他們介紹了木雕師傅。新的用木雕的，差很多齁，技術比較好。」

「現場是不是很悽慘？」

「講起來很神奇，太陽公和太陰娘娘是坐著的，只有崩一點，沒有整個掉下來，旁邊站的都倒下來。好幾個神像倒在地上，碎好幾塊，很悽慘。」

「恐怖歐。」

「你知道嗎？王爺看上的那個女的也倒在地上，我過去看，發現祂手裡有東西，扳開來發現竟然是一顆相思豆！」

「蛤!?這、這……」

「就是上次送的，又紅又大又亮，很像流血的顏色。」

「那顆相思豆爲什麼會在祂手裡，太神奇了。」

憨慢王爺還是背對著他們，不肯轉過身來，也不跟花麒麟通訊息。

「講起來喔，我們這個王爺還是非常厲害，我怎麼想都想不通。」許老仙感嘆地說。

土狼狗慢慢地走過來，躺下，臉孔有點憂傷，靜靜地看著兩人。牠咬不動那些骨頭了。

「原來我們王爺是個傷心人，相愛的人竟然不能在一起。」

「我跟你講，水頭仔伯公也不必高興得太早，一山不容二虎，兩個女人在身邊，不會有什麼好事情。」

「不一定啦，說不定相處得很好。」

「你歐，娶過老婆的都知道。麻煩，一個就很難應付了，還兩個。」

「說的也是，緣分，緣分啦。」

「阿海的日子不好過啦。」

「嘿嘿嘿。」

憨慢王爺轉過身來，嘴巴拉成一條線，瞪著他們兩人看。

花麒麟縮縮脖子，低下頭，想去看看那個有心的侍女長什麼樣子，不知道還能找到照片嗎？

24 夢影通訊

LINE響起來，花麒麟點開。是「夢影傳播公司」的訊息。

麒麟兄，別忘了第一篇的交稿時間，有資料的先給我們編輯看看吧。先前寄來的憨慢王爺的訪談很有趣，可以繼續寫。接到你的資料，就會寄訂金過去。老規矩，兄弟加油。另外請加入「台灣萬教聯盟」的ＦＢ，上面有很多資訊，可以參考。我們另一個特約叫「魅影赤子」，對這方面很熟，可以加成好友，參考參考。

藍精彩

花麒麟低頭回覆：

精彩兄，沒問題，過兩天會寄一些初稿過去，已經去過好幾間了，有間鏡照宮特別有趣，收到宮裡給的沿革、建築圖、行政組織，很想認眞寫，別擔心。訂金一定要準時寄，快活不下去了。會加入「台灣萬教聯盟」，看了一些內容，感覺很有趣。

「叮」的一聲，藍精彩傳了一個大拇指過來。

花麒麟再寫：

精彩兄，你不是佛教徒嗎？「夢幻泡影」傳播公司，搞這個合適嗎？

藍精彩回覆：

每個人相信的不一樣，要的不一樣，我信的人家不信，他們信的我不相信。不過這群人比佛教徒、基督徒還要多。

花麒麟再寫：

精彩兄隨便也可以說出個道理來。祝

公司鴻圖大展

花麒麟

「叮」的一聲，藍精彩傳了一個黃色的愛心過來。

25 那人可能是我

花麒麟拿出一串祈禱珠——這串珠子共有一百五十粒，暗褐的顏色，發出淡淡的光芒——跟憨慢王爺說：「耶穌在死之前告訴保羅，兩千年後有個東西要交給我。祢知道嗎？就是這串珠子。保羅死後，並沒有和很多得救者一樣上天堂，他的屍體被裝在一座和人一樣高的泥像裡面。」

憨慢王爺睜大了眼睛，有關西方的神鬼故事，祂似乎不是很清楚。

「這座外殼是大天使拉菲爾的泥像，受到信徒們盡心的保護與膜拜。但是因爲很少人知道來歷，所以不受重視。這座爛爛的泥像，經歷了火災、戰亂、地震、人爲破壞、自然剝落，輾轉放過十幾個教堂和私人收藏屋，三百年前終於來到土耳其卡帕多奇亞的某一個洞窟，泥像上曾經佈滿灰塵、蟲隻。」

「你說，繼續說。」憨慢王爺睜大眼睛說。

「近年來因爲那裡綿延的山區佈滿像蜂巢般的洞窟，景象特殊，吸引了大批觀光客。泥像被簡單整理過，但仍在黑暗中靜靜待著。然後我出現了。保羅也出現了，並且把祈禱鍊珠交給我。」

憨慢王爺嘴角微微抽動了一下。

「這個人在暗暗的洞穴中，由泥像中走出來。」

「泥像中走出來，咳、咳。」憨慢王爺重述了一次。

「這個人身穿長袍，披著頭巾、戴著口罩，只露出眼睛和雙手。」

「然後把祈禱鍊珠交給你。」憨慢王爺說。

「這個人的英文口音很重，結結巴巴。我們講了很久，溝通了很久。祂的態度很慎重，眼神很虔誠。祂說祂就是保羅，祂等了很久。」

「這珠子是要做什麼？」

「是一個信物。」

「做什麼用？」

「到時候會召喚我。」

「到時候會召喚你。」

「多少錢買的？」

「這是無價之寶。」

憨慢王爺笑了笑。

「其實我還有一件事。」花麒麟繼續說。

「咳、咳，繼續說，繼續說。」憨慢王爺清清喉嚨。

「身爲佛陀十大弟子之首的摩訶迦葉，也就是大迦葉，經歷三千年，迄今仍活著。」

「這事我有聽說過。」憨慢王爺點點頭。

「他受佛陀囑託，準備要將兩件東西——就是金縷袈裟和銀缽盂，交給當今世上的一個人。時間已經到了，有人說已經交給彌勒佛，有人說沒有。」

「你眞會說故事。」憨慢王爺讚嘆。

「我們曾經前往大尖山的靈蹤寺，聽說那些東西用一個紅木寶盒裝著，就放在這個廟裡。這兩件東西本來是放在雲南雞足山，但因爲戰亂，被一位師父偸偸帶來台灣。本來靈蹤寺的人一直不承認，也不讓我們拜見，還好我們有找到當初帶這個東西來台灣的人的後代。我們一共去了七、八次，跪求能見一面。」

「這樣講有可能，當時中原有很多能人和寶物都來台灣，所以人家才叫寶島。」憨慢王爺點點頭。

「這個東西眞的在這邊。寺裡面的和尚後來被我們的誠心打動，有拿出來給我們看。」

憨慢王爺的嘴角又抽動了一下。

「因爲木盒上有封條，所以裡面放了什麼，寺裡面的和尚也不知道。當我打開這個盒子時，大家都很緊張，幾個和尚雙手合十站在旁邊唸了很多咒語。當時有拍照也有錄影。結果裡面沒有金縷袈裟，只有一條破布；沒有銀缽盂，只有一個木碗。」

憨慢王爺微微笑了笑。

「那個破布爛爛的，味道怪怪的，木碗長黴了。」花麒麟皺起鼻子嘴巴。

「咳、咳、咳……」

「那兩個信物去那裡了呢？是不是被拿走了？」花麒麟裝出驚訝的口氣。

「你把它帶回來了。」憨慢王爺說。

「是啊。」花麒麟說。

「這是眞的，彌勒佛還沒來拿。」憨慢王爺說。

「是啊，封條換過了，廟裡的和尚看過了，覺得是假的，就放在儲藏室裡。金縷袈裟和銀缽盂，這麼貴重的東西，對不對，那個缽應該是銀的，不然也應該是玉的。」花麒麟說。

「這是眞的。」憨慢王爺說。

「破抹布和木碗在我這。」花麒麟說。

「是眞的，咳、咳。」憨慢王爺說。

「我也覺得是。」花麒麟很肯定地說。

「還是藏起來好了。」憨慢王爺說。

「請問王爺……」

「怎麼了。」

「爲什麼祢說話的時候會咳、咳？」

「香火燻的啊，香火旺的神像都會啊。」

「這樣啊——沒事了。」

「那兩件是眞的，咳、咳。」

26 浮塵寺的兩位工人

花麒麟在浮塵寺走動，這間已經有一百多年歷史的廟寺，牆壁上的畫特別生動，活靈活現。聽說畫中的八仙有時會飄出來，在人間行走，目的是點化有緣的衆生。

不過，花麒麟來到的時間很不巧，浮塵寺正好在整修，工人在屋頂上抽換壞掉的屋瓦，腐朽的樑柱擺在地上，許多壁畫用木板遮住，沒辦法看到。

花麒麟感到很失望，繞了再繞，從三樓往下走，準備要離開時，忽然聽到二樓有兩個人在對話。他探頭看了看，停下腳步，靜靜地聽他們說什麼。

一位六、七十歲的工人戴著頂灰白色帽子，站在木梯上，粉刷著灰髒的牆面。頭上那頂灰白色帽子沾滿黃的、紅的、綠的油漆。

一位四十歲左右的男子站在梯子旁，扶著腰，仰著頭跟他說話。

「我悟道了，以後怎麼安頓？」

「悟道了，還不知道怎麼安頓嗎？還是回去工作吧。」站在梯子上的工人說。

「只是這樣嗎？」

「你還年輕，繼續做拆房子的工作，很適合，像我拆房子、蓋房子都沒力氣做了。」

「一直在拆房子，感覺很累了。」

「真的啊？我悟了三次，還是在這裡做修房子的工作，漏水的、改建的、重新粉刷、重新鋪磁磚、換管線。」梯子上的工人把手上的刷子，在油漆桶中沾了沾，再塗上牆面。

「已經自渡了，可以渡人嗎？」

「誰要你渡！」

「可惜了，我已經四十歲，工作又重，歷經了百個劫難，追隨了幾位師父，讀了那麼多的經典，卻不能渡人。」中年男子攤開雙手，無奈地說。

「你活該！誰叫你悟了。」

「這樣啊？」男子垂下頭。

「沒有人要你這樣做的，是你自己想要悟道的。」

「確實也是，就是想要。」

「自作自受。」

「悟了之後會下降嗎？」男子又雙手扶著腰，仰著頭說。

「即使是灰塵也很重。」

「這樣啊。」

「來跟我做修房子的工作吧。」梯子上的工人停了一下，低下頭看看他。

「我想一想。」

「不然去做蓋房子的工作，現在很缺人。」梯子上的人用刷子指了指遠方。

「蓋房子？我怎麼沒想到。」男子語氣驚嘆地說。

「看看適不適合你。」

「以前覺得拆掉那些老房子、擋路的房子、違建的房子很快樂，從來沒想到蓋房子。」

「快去吧。」梯子上的人繼續有條不紊地刷著牆壁。

「你還在做修房子的工作？」

「最適合我。」

「果然是前輩啊。」男子放下雙手，垂下頭，走開了。

花麒麟感到慶幸，竟然能聽到這麼有禪機的對話，彷彿若有所悟。下一間是要去田頭鄉的芒埔，之後是台灣武當山。據說台灣武當山將有天大的事發生，許多道界、靈界人士會去那裡，想親眼目睹奇蹟發生。

27 酒空和阿貴

「花麒麟！喂，花麒麟！喂。」

花麒麟正在電腦上整理資料，忽然聽到屋外有人喊叫，那應該是酒空充滿醉意的聲音。電腦還來不及關，酒空和另外一個人就拉開紗門，走了進來。這個面孔陌生的人，皮膚很黑，眼眶深陷，看起來年紀不小了，頭髮有些灰白，腳好像有問題，走路一拐一拐的。

「同學啊，搞什麼鬼！叫你那麼多次出來喝酒，你都不出來、不理，是看不起我們喔。」

「沒有啦，沒有啦，真的是沒有空。」

「亂講，找女人就有時間，跟同學喝酒沒有時間，你這個人就是沒路用。」

「哈哈哈，講這樣。」

「來來來來來，酒拿出來啦，要處罰你。」

他們兩個坐在客廳沙發上，酒空拿出一個塑膠袋子、兩個免洗碟子、幾雙免洗筷子，還有一包檳榔，放在茶几上。

「這是全台灣最好吃的滷菜，豬耳朵、大腸、雞翅膀。」

花麒麟從櫃子裡拿出一瓶五加皮、兩瓶紹興酒，再找出有點髒的三個玻璃酒杯。

「你娘的，這是民國幾年的，還是民國前幾年的酒？」

「這我老爸的啦，三、四十年有囉。」花麒麟抽張衛生紙，擦了擦玻璃杯。

「好啦、好啦，有酒就好了。」

「這位是？」

「眞正的原住民，二十年前的寶島歌王，跟他講話要小心，不爽他就會說你的頭是他的。」

「哈哈哈，眞有趣。」

「叫我阿貴啦。」

「阿貴兄。」

「不要這樣假客氣，眞討厭，聽了就討厭。以前我這個同學綽號叫作冰淇淋，哈哈！冰淇淋。」酒空說。

「寶島歌王歐！」花麒麟對著這位新朋友說。

「現在還是，前面加兩個字『斷腳寶島歌王』。」阿貴說。

酒空把五加皮的蓋子打開，把三個酒杯裝滿，向兩人敬了敬，仰起脖子就喝了下去。兩人也跟著拿起酒杯，跟著喝一口。

「我沒辦法乾杯歐。」花麒麟說。

「酒這麼少，你少喝一點，我們喝。」

阿貴仰頭，也把酒杯喝乾了，然後把杯底給兩人看。

「眞的很難喝。」酒空說。

「不會啦，甜甜的，中藥很好呢。」阿貴說。

「吃菜、吃菜。」花麒麟說。

阿貴挾起一大塊豬耳朵，塞進嘴裡。

「讚，眞的好吃。」花麒麟吃了一口大腸說。

「喝一點，喝一點。」阿貴說。

酒空打開那包檳榔，揀起一顆塞進嘴裡：「同學要嗎？」

花麒麟搖搖手說：「今天不想吃，火氣大，嘴角破了。阿貴，阿貴吃一顆。」

「戒檳榔很久了。」阿貴說。

「這個世界變了，你知道嗎？原住民不吃檳榔，不抽菸，我快死了。」酒空邊嚼檳榔邊說。

「以前菸一天一包，現在一星期抽沒一包，菸放到發霉。抽菸到處給人趕，給人嫌。」

花麒麟說。

「好啦、好啦，冰淇淋同學你回來這麼久，不跟同學聯絡，很多人很想念你，一直講你。」酒空說。

「沒有啦，老宏和鍾仔有來找過我，以前是兄弟啊。我欠那麼多錢，你們不怕我跟你們借錢喔。」

「難怪，有人說你欠他好幾萬沒有還。」酒空猛力地拍了一下大腿。

「是啊，實在沒有錢，酒空可以周轉嗎？」花麒麟詭異地笑了一下。

「好啊，來啊，怕什麼，錢沒有，命一條。」酒空說。

「很現實的啦，誰要你的命，你的命那麼爛，沒有人要。」阿貴說。

「講這樣，我如果被人家殺來吃，保證好吃。酒糟雞你有聽過嗎？我的肉用酒醃過的，很好吃；那些不喝酒的人很難吃，沒味道；吃素的最糟糕，都是草的味道。」酒空說。

「神經病！」阿貴說。

「同學，我跟你講阿貴不是普通人。」酒空說。

「眞的啊？」花麒麟看看眼前這位黑黑的、臉孔憔悴的傢伙。

「他以前在花蓮的螃蟹鄉看公墓地，後來那些死掉的人跟他報明牌，賺了一千萬。」酒空說。

「你亂講，三千多萬好不好。」阿貴說。

「扣掉稅只剩一千萬好不好。」酒空說。

「還有上到兩千萬，怎麼沒有！你不知道啦。」阿貴說。

「歐，原來以前你騙我。」酒空說。

「花光光啦，下個月我還是要回去。」阿貴說。

「回去？說了一百次，結果還在這裡。」酒空說。

「捨不得你啊，兄弟。」阿貴說。

「看公墓，眞的喔。」花麒麟說。

「你看我的腳，車禍斷掉，什麼事也不能做，只好去看公墓，那個鄉公所和日本人有給我們錢。」阿貴說。

「爲什麼日本人要給你錢？」

「那個公墓是以前的神社啦，小小的，埋很多日本警察。」酒空說。

「不是啦，主要是埋我們原住民，很多是被日本人殺死的，後來日本人死掉也埋在那裡。因爲我們祖先的鬼和日本人的鬼不合，鬧很多事，所以日本人才在那邊蓋一個小神社，要壓我們原住民的祖先。」阿貴用雙手做了一個掐脖子的動作。

「哇！這個太有趣了。」花麒麟拍起手。

「台灣就是這樣亂七八糟，鬼還會吵架，我聽你在放屁！」酒空說。

「那邊很亂，晚上很熱鬧，鬼火很多，綠綠的，可以點香菸。有日本人的後代要我幫他們打掃，一個月給我三千塊。」阿貴說。

「喝啦、喝啦，不要一直講話。」酒空又把杯子倒滿，仰頭喝了下去，阿貴也陪他喝了下去。

「你們怎麼會認識的？」

他們兩個互相看了看。

「酒肉朋友啊。」酒空說。

「我來這邊做油漆。」阿貴說。

「做兩天喝三天，我們在那個阿香卡拉ＯＫ店認識的啦。」酒空說。

「阿香卡拉ＯＫ店！」花麒麟說。

「做油漆很累呢，不如在公墓唱歌給鬼聽。」阿貴說。

「不要假了啦，奇珍市沒有幾個男人沒去過阿香那裡，對不對？什麼阿棟伯、許老仙啊。」酒空說。

「下次應該去一下。」花麒麟說。

「死也要去一下，真的。」酒空說。

「壯烈！」花麒麟比了大拇指。

「阿貴帶了一個大陸妹喔，那時候他穿西裝打領帶喔。」酒空說，又塞了一顆檳榔到嘴裡，嘴角溢出褐色的汁液。

「這麼厲害！」花麒麟驚嘆地說。

「沒有啦，去東莞認識的啦，她說要來台灣，我就想辦法帶她來了，偷渡很貴耶。」阿貴說。

「有情有義。」花麒麟說。

「嫖到大陸去，反攻大陸。人家帶他去搞的，騙他一堆錢。」酒空說。

「從小聽那麼多大陸，總要去看一下。」阿貴說。

「同學，你這樣講，這個原住民真的是有情有義的人，陪我喝酒喝到死也不會走。」酒空說。

「那個大陸妹呢？」花麒麟問。

「不知道，她說要走，我就說好，妳要走就走，她就走了。」阿貴黑紅的臉上，表情有點惘然。

「沒有錢了就要放人家走啊，正常的。」酒空說。

「這個女人不錯，對我很好，但是太年輕了，二十多歲。」阿貴說。

酒空把五加皮倒空了，舉手喝下杯中的酒，再伸手拿茶几上的紹興酒。

「吃點菜好了，空肚子很容易醉。」花麒麟說。

「你的酒眞的很難喝，紹興也眞的很難喝。」酒空皺著眉頭。

「阿貴你那時候怎麼會中大獎？」花麒麟問。

「反正我跟你講，人都是緣分。緣分你知道嗎？你怎麼會跟我是同學對不對？」酒空說話開始有點大舌頭。花麒麟看到他紅褐色的嘴裡，牙齒掉了很多顆。

「什麼跟什麼？」花麒麟說。

「喂，阿貴你知道嗎？花麒麟是我同學喔，國中同學喔。這個人沒有很老實，說眞的。我們叫他荷蘭種的，你看有沒有像？很風騷。」酒空說。

「不要亂講。」花麒麟笑笑地說。

「他爸爸很喜歡玩女人，他以前也是一直騙女生，同班同學、學妹都敢騙，有錢人就是囂張。」酒空說。

「有錢人才可以這樣啊。」阿貴說。

「說眞的啊，你那時候爲什麼會中大獎？」花麒麟再問。

「很好笑，他那時候每天罵那些鬼，說替他們割草、整理墳墓、撿骨頭，趕狗、趕貓、趕盜墓的，這些鬼沒有保佑，每次買獎券都不會中獎，天天罵。」酒空說。

「是啊，就是這樣，老鼠比較多啦，狗也會挖墳墓啊，每次都咬很多骨頭出來，貓又吃老鼠。我照顧很多沒有用，我就用罵的，每次都用罵的，要祂們保佑我中大獎，我這麼好的人照顧祂們。」阿貴說。

「眞的就中獎了喔!?」花麒麟說。

「眞的就中獎了！」阿貴說。「再沒有中獎，我就要走了，不管了，管祂們去死。日本人拜託很多次，錢也只加一點點，沒有用。」

「太神奇了！我跟你去看看，神社還在嗎？」花麒麟說。

「神社歐，有啦，爛爛的，地震震倒，我把它扶起來，釘回去。」阿貴說。

「花蓮縣地震多，颱風多。」

「日本人的骨頭很小，又很細，東西小一號，一看就知道。」阿貴說。

「東西小一號，嘿嘿嘿。」花麒麟曖昧的笑了。

「再來、再來。」酒空忙著倒酒。

「這個酒是中藥泡的，喝了很好，有渣，底下又有膏，黏黏的，很補呢。」阿貴嘴巴發出嘖嘖的聲音。

「再來、再來。」酒空又乾了一杯，阿貴也陪了一杯，花麒麟還是隨意喝兩口。

「我眞的要回去了，我還有一台車要去挖出來。」阿貴說。

「一台車挖出來？」花麒麟說。

「一台ＢＭＷ被我埋起來，因爲去大陸，怕被人偷走。」阿貴說。

「聽他在胡說八道。」酒空用右手食指在太陽穴那邊轉了轉。

「那個車很好，很強的，埋在公墓那邊，沒有人知道。」阿貴忽然把雙腳縮起來，慢慢挪到沙發上，整個人就像蹲在上面。

「我要開著那台車，花蓮、台東衝九遍！」阿貴舉起雙手，在胸前做出開車狀。

「那麼厲害！」花麒麟說。

「你們不懂我的心。」阿貴悠悠地說。

「糟糕了，等一下他要唱歌了。」酒空滿臉通紅，眼神迷離。

「我跟你去花蓮縣好嗎？去看看那個神社好嗎？日本人的墳墓和台灣的不一樣鵪？」花麒麟說。

「台灣人的，日本人的，原住民的墳墓不一樣，但是都是死掉的，都很臭。」酒空說。

「那麼多鬼，很危險，你去會出事的。」阿貴的聲音有點嚴肅。

「同學，不要搞那些有的沒的，會死得很慘，陰的地方不要去。」酒空說。

你可以戲弄我，也可以呀不理我，就算你不再愛我，見面也該說哈囉。

阿貴雙手抱著膝蓋，伸直脖子開始唱起來。

「《可憐的落魄人》！這首我會唱。」酒空拍著手掌說。

也可以欺騙我，也可以呀利用我，就算你不再愛我，見面也該說哈囉。

阿貴用著菸嗓繼續唱，酒空用筷子敲著酒瓶，也跟著唱起來，塞滿檳榔的嘴，口水四濺。阿貴唱到後面兩句，花麒麟也忍不住唱了起來。

呼伊喲　呼伊呀安　吼愛耶——

阿貴的聲音沙啞、滄桑。花麒麟和酒空直著喉嚨，跟著歌聲又吼又唱。

呀嗯嗨呀吼愛有呀嗯吼　愛　呀嗯嗨依呀泥海　有伊耶呀嗯——

「喝啦、喝啦，阿貴檳榔吃一顆啦！爛人，不吃檳榔！」酒空再倒酒。

你可以玩弄我　也可以呀甩掉我　就算你不再愛我　見面也該說哈囉。

快。

三個人此起彼落，大聲唱起來。

花麒麟拿著酒杯一面喝，一面跟著胡亂地哼唱。他滿頭大汗，情緒亢奮，感覺無比暢

28 少年英雄

花麒麟騎腳踏車經過奇珍市市區，看到中正路那間掛滿各類招牌的老舊店面前，有人擺著香案，正在祭拜。旁邊停了一台黃色怪手，怪手前後擺了好幾個紅色三角錐，拉了幾條黃線，不讓人靠近。

兩位穿著背心的警察在那裡指揮交通，街道兩邊站了很多看熱鬧的人。

他把腳踏車停下來，架好，走過去。這間一樓店面不久前是「美上美早餐店」，二樓掛著「爵士網咖」、「誠信黃金買賣」以及「銀郎借貸、周轉、二胎」的招牌，三樓到五樓是大鋥房地產推出的「皇品花園別墅」廣告，六樓是「溫柔鄉指壓按摩」。那個「銀郎借貸」爬滿鏽蝕的招牌竟然還在，讓他很吃驚。

幾個穿著西裝、套裝等正式服裝的男男女女，拿著香，對著破舊的房子拜了拜，嘴巴唸唸有詞。花麒麟看見好多個模糊影子，在舊房子裡裡外外，樓上樓下，忽上忽下，走來走去。

其中一個影子看到他，便突然顯出臉孔和身體，悠悠然地移了過來。

「花麒麟，好久不見，你記得我嗎？」

花麒麟仔細看了看，點點頭：「是祢啊！百壽，快認不出來了，變得太瘦了。祢沒叫我，路上看到還真的不認識。」

「胃癌，沒有辦法，吃不下。」百壽指指肚子說。

「這間要拆了，很可惜，這麼漂亮的房子。」

「是啊，害我們只好去找別的地方，氣啊！」

百壽是姊姊的同學，別看祂現在門牙掉得只剩兩、三顆，雙頰凹陷，頭髮稀疏，以前可是奇珍中學的籃球校隊，前鋒位置，彈性特別好。

百壽身後跟著出來一位長髮披肩，臉化得雪白，眉毛細挑，左臉有個深酒窩的女人；這女人身穿桃紅色旗袍，雙臂交叉抱在鼓起的胸前，斜眼瞅著他看。

「那個抵押借款還有在做嗎？」

「之前還有啊！上個月才搬走，哈哈！你還記得啊？做的人已經換了好幾批。」

花麒麟的臉有點熱了。

「記得啊，被打得半死。」

「你眞厲害，國中二年級就做那種事。」

還好百壽沒有說他國小六年級時的事，那時候他和大幾歲的黎健強，偷開鄰居的賓士車出去，在街上逛了半小時，結果撞到一輛救護車。

「隔了很多年大家都還在說，以爲你長大一定會去坐牢，沒想到你混得不錯。」

花麒麟聳聳肩，不時盯向那個面容姣好，扭來扭去，姿勢很多的女人。

「那時候你是要去哪一個國家？」百壽說。

「美國遊學二十天。」

「後來怎麼樣？我們都只知道一點點。」

「後來我阿公出了三十萬，把那些東西贖回來啊。借二十萬，一個月還三十萬。」

「聽說權狀、印鑑章、印鑑證明統統都押給他們，你們花家的土地祖產也全部押給他們。」

「小屁孩不懂事。」

「你爸爸、媽媽沒有管？」

「寶珠媽媽生病，我老爸袮也知道，每天醉醺醺，不知道跑去哪裡找粉味的。叔公花刑警有出面，後來有討回一些面子。」

「人才就是人才，咳、咳、咳。」百壽的喉嚨有點沙啞。

「祢們怎麼會在這裡，還沒有走？」

「人各有志，家家有本難唸的經，就這麼簡單。」

那些人祭拜完了，把酒灑在地上，很快地把香案收了起來，開始燒紙錢。

怪手的引擎發動起來，履帶嘎嘎響地往前移動。

「這棟樓你也知道，開賭場，開貓仔間、電動玩具店，好幾次凶殺案，被人家放火。我在這裡開過牛排館，有感情，不想走。」

「股東有紛爭，不是也法拍過？有看過這間的資料。」花麒麟想起這間法拍屋曾經上過網，他曾經心動過，但是因爲法院不點交，就作罷了。

「是啊，標出去沒多久又被人抵押二胎、三胎，後來三、四樓都沒有人，只有我們這些鬼東西。有伴啦，人要有伴，像我們這種的也要有伴，有伴就不想去哪裡了。」

「有情有義最重要。」

「美霞過來，這是我的朋友花麒麟。」百壽叫那個女人。

那個女人慢慢地移動過來。

她的眼睛緊盯著花麒麟，脖子雖然擦了厚厚的粉，還是可以看得出來有粗粗的勒痕。

花麒麟忽然間感到血脈賁張，渾身發熱。

「這傢伙不好惹喔，美霞祢要小心，他從小沒有女人就不行喔，我知道就三、四個。」百壽的表情很猥褻。

「嘿嘿嘿，三八兄弟，不要亂說，只是沒有碰到好的，碰到的不夠好啦。」花麒麟興奮起來。

「把人家的肚子搞大，被告到派出所，好像賠了不少錢。」

「我年輕就這麼出名喔!?眞不應該遇到老朋友，什麼事都被抖出來。」

「哈哈哈!你是我們的英雄，大家講到你都很興奮。」

「Apple嫁給外國人，現在是國際會計公司的台灣負責人，身價好幾億，我們還有聯絡。」

「你就是能幹!」

百壽臉頰凹陷，鬆垮的皮皺在一起，看起來很悽慘。

「年輕不懂事，但是感情是眞的，每一段戀愛都是眞心眞意。」

「眞敢講，花言巧語，你看這個傢伙!」

怪手開始拉掉那些招牌，發出稀里嘩啦的聲響，附近的人、車紛紛走避。

忽然有一隻狗從拆除的房子裡跑了出來，竟然是隻面帶愁容的米格魯，祂身上有被火燒的痕跡，黑黑一片。

「祢們以後要去哪裡？」

米格魯站在門口不遠處，抬起頭，朝他嗅了嗅，沒有過來，靜靜地靠在美霞腳邊。

「先去後火車站那邊，有一棟商城十一樓的空房間，很多年沒人住了。」

「朝鮮閣大商城，我知道。」

「喂、喂，祢們在做什麼？」

一個光頭，上半身很粗壯的男人移了過來。這濃眉大眼的男人，肌肉結實，手臂和手腕刺了觀世音和玫瑰花的圖案，厚厚的手掌上拿著一根粗粗的麻繩。

怪手繼續拉那些招牌，塵土、碎片飛揚，不時發出斷裂和招牌墜地的聲音。

「太吵了、太吵了，花麒麟你現在住在哪裡？」百壽用手指插進耳朵說。

「老家啦，溪水里那邊。」

「我知道，說不定會去找你，你那邊有個土地公廟，再過去是樂天宮，我知道。」

「憨慢王爺那裡。」

「那是自己的長輩，自己人，很多我們這邊的人會去找祂訴苦。眞的，王爺會勸人。」

「好吧，那我先走了，很高興在這裡遇到祢。」花麒麟眼睛掃了掃美霞。

美霞的嘴角斜了斜，詭異地笑了笑。

粗壯的男人把那根繩索舉起來，猛地套在美霞的脖子上，然後背過身子往後拉。美霞的頭往後仰，雙手豎直起來，張大嘴往後退去，她雪白的大腿由高衩的旗袍間露出來。

「勇仔和美霞這兩個人每次都玩很大。」百壽露出僅剩的兩、三顆門牙，笑著說。

「嘿嘿嘿，走了。」

百壽對他揮揮手。

花麒麟牽起腳踏車，慢慢地騎過市區。

29 堅持的尼姑

田頭鄉的芒埔有一條竹林小徑，深夜時常會出現一個瘦瘦的、沒有頭的身影，以及安靜沉默的群眾。

慈佛庵的住持慧醒尼姑以講《百喻經》出名，她的口齒便給，把生活中的小事講得生動活潑，既有趣又能讓人領悟佛理，因此大受歡迎。小偷聽說慈佛庵受到很多信眾供養，於是在某個深夜侵入庵中，被發現後轉偷為搶，持刀殺傷了幾個人。住持慧醒尼姑對小偷的惡行非常激動，當場對他叫罵。惱羞成怒的小偷把住持壓倒，使勁割下她的頭，丟到一旁，接著席捲了金銀珠寶之後揚長而去。

慧醒尼姑似乎對此事渾然不覺，雙手捧著落下的頭顱，放在胸前，四處行走。她張著佈滿乾褐色血跡的嘴巴，一張一合，仍向人說道，勸人為善，諸惡莫做。

愛聽慧醒尼姑說經的人與鬼，常常會在昏暗的夜晚，在竹林小徑等待她的出現。

30 還不曉得頭掉了

一位頭髮灰白，滿臉愁容的婦人跟阿棟伯說，她先生勾上一位死掉男人的理容店小姐，吵說要離婚，讓她很困擾，吃不下、睡不著，身體越來越壞。前幾天還發現先生好像有在菜飯中下毒。阿棟伯邊聽邊點頭，說了很多安慰的話，然後很慎重地拿出黃色符紙，用沾著硃砂的毛筆，在上面畫了畫，再交給這位婦人。

三根一尺多高的烏沉香，已燒到香枝部分，兩個男人圍在香爐旁，對落下的香灰比手畫腳。好一會兒，其中一位拿出塞在後口袋的手機，拍了拍，然後把手機中的照片拉大：

「3，6，7——4，對不對！」

「哪有7？」

「這個7要斜過來看，笨蛋。」

「我覺得是9。」

「9就9，你選9我選7，我沒差。」

「我覺得那個3是5，你再看清楚點。」

「好啦，好啦，有夠亂！」

一隻停在供桌上的蒼蠅，不停地用前腳搓自己的頭，後腳搓身體，整理薄薄的翅膀，一遍又一遍，搓了好久仍沒停下來，忽然頭被搓得掉了下來。蒼蠅似乎沒有感覺，前、後腳仍繼續搓動。好一會兒才停止下來，振振翅膀，飛走了。那個被搓下來的頭，仍歪斜地倒在供桌上。

31 憤怒的麒麟

「真的不要得罪我，最近就聽說那個女人得到乳癌四期，真是報應，天公真的有靈驗。」花麒麟撫了撫長得很長的頭髮說。

「你想說什麼？」憨慢王爺歪歪頭問。

「我說，這個女人欺負我多少祢知道嗎？占了我多少便宜！」花麒麟握著拳頭說。

「沒有啦，這個女人沒有你說得那麼壞喔。」

「專門在我後面說我壞話，跟很多長官講我怎樣、怎樣。我是沒跟她當面起衝突，但想到她就一把火，終於聽到她得癌症！」花麒麟說。

「乳癌很多人會得啦。」

「不只是這個姓范的，還有一個姓劉的，一個姓林的。這個最差勁，我對她很好，想當初我幫了好多忙，竟敢出賣我！」花麒麟說。

「你今天火氣很大，昨天晚上沒睡好？」

「因爲我轉到其他公司上班，沒有罵到她，還沒有機會報仇。我想總有一天會碰到，絕對要給她難看！」花麒麟說。

「太喜歡攬事了，太忙、太累了，身體變異。」憨慢王爺說。

「沒想到聽說她得乳癌第四期，不想活了，不要醫了。不要醫就這樣死掉眞是便宜她了。」花麒麟說。

「很多人會這樣想。」

「她家裡很多問題啊，爸爸也是癌症，媽媽精神病，來我們公司我特別照顧她，連先生都是我幫她牽的線，一點感激都沒有，竟敢出賣我。」花麒麟說。

「你這麼可怕喔！」憨慢王爺說。

「還有一個已經死掉的長官，當初我剛進去時對我很好，很欣賞我，後來不知道爲什麼，聽了什麼話，竟然開始跟我翻臉，處處找麻煩，講壞話，不讓我升職，考績打乙等。眞可惡，我是敢怒不敢言啊！每個人都說我怎麼這麼笨去得罪這個人，眞冤枉。那時她騙我投資一家公司，我想長官還是要巴結一下，投了幾十萬下去，結果一年就賠光了。我沒有說話，她竟然先罵我帶衰。惡人先告狀，心虛袮知道嗎？我都不敢回嘴，她勢力這麼大，有人說我怎麼敢跟她對抗，我說哪裡有跟她對抗！怎麼敢批評她，一句也不敢講，怕被趕走，連飯都沒得吃，怎麼敢！」花麒麟激動地說了一長串。

「你是這樣的人喔？」憨慢王爺說。

「幹！這個長官作惡多端，不只欺負我，還欺負很多人，眞的是報應不爽，已經中風了還不安分，到處搞這個搞那個，終於死掉了！中風的人還到處惹是生非。」

「你講的那個我知道，咳、咳，你說的好像有些道理。」憨慢王爺點點頭。

「還有一個以前公司的同事，做事也很絕，順他者生逆他者亡，差不多就是這樣，我實在看不下去，跟他吵了很多次。他在辦公室裡拉幫結派，專門在公司搞小團體，連總經理都怕他們。搶人家的業績，報假帳，欺負老實人。最近聽說得到帕金森氏症，手腳一直抖，嘴也歪歪的，講話不清楚，一直請假。喔！眞是高興。公司的人看到他一直抖，都躲著，連那個幫派的人也覺得他要倒台了，不要跟他在一起。眞的，人家說『囂張沒有落魄的久』，講的就是這種人。」

「得罪你的好像都會出事，其實這些人只是有點執迷罷了。」

「他們執迷，爲什麼是我受害！」花麒麟說。

「前世因緣。」

「亂講，佛教的、道教的都喜歡這樣說，不負責任，我跟他們沒有什麼前世，誰跟他前世有什麼瓜葛，我看到的是現世報。說實在的，還有兩、三個，我在想怎麼報應還沒到，又沒有機會報仇，眞希望看到這些壞人沒有好下場。」

「咳、咳、咳，你覺得你是好人喔？」憨慢王爺的咳嗽聲有點假。

「哈哈！比那些人好，再怎麼說也比那些人好。說實在的，看到這幾個惡人得到報應，心裡實在是很高興。」花麒麟拍著膝蓋說。

「聽說你都會跟別人說，不要得罪你，得罪你都沒有好結果。」憨慢王爺說。

「哈哈！這樣說有什麼不對？」

「你說不定有一天也會得什麼病，別人也會這樣說你。」憨慢王爺說。

「沒在怕的啦，反正不要得罪我，不要欺負我就對了，我這個人命中帶刺，命中帶煞。」

「你自己說的。」憨慢王爺說。

「有人說我是不是在憨慢王爺這邊下詛咒、下符，害人家。憨慢王爺有這麼靈、這麼好用就好了，是不是！是不是！求十次應沒兩次。」花麒麟的語氣咄咄逼人。

「這樣講好像我們這邊是邪廟！」

「這麼偏僻的地方，說實在的，很少人知道。最近網路在傳，聽說王爺有靈驗，我看以後會有很多人來。」花麒麟說。

「我們不是做邪的，很多事也是因爲不得已，你要小心說話歐。」

「哈哈哈！這樣說好像按摩店。」花麒麟說。

「鏡照宮你知道嗎？三蟲帝君，文蟲王，武蟲王，斌蟲王，那個才厲害，靈到我都不敢去。」憨慢王爺說。

「有去過，完全不一樣的神，眞的太有創造力，太會掰了。」

「喜樂區菜市場附近的鏡照宮，仙禪道理了了，天花亂墜。」

「資料收很多，好有趣歐，已經寫了不少內容。」花麒麟說。

「很多人去下詛咒、下符，會成功而且很快；但是，自己或家人也會不太好。」憨慢王爺說。

「這麼有趣的宮，以前眞的從來不知道，裡面的神聽都沒聽過，簡直是大革命。」

「比較起來，我憨慢王爺比較忠厚。」憨慢王爺說。

「好啦，好啦，自己褒。」花麒麟說。

「這樣的宮廟說不定比較適合我。」憨慢王爺有點出神。

「您有這樣的想法啊。」花麒麟說。

「阿棟老了，心臟也不好，沒有人要接他的位子，這間將來恐怕……」

「說得也是。」

……

「我會來做一篇完整的報導……」花麒麟說。

「咳、咳，頭髮要不要去幸福理髮廳理一理。」憨慢王爺說。

「很亂齣？理掉心情應該會好一點。」

32 暗害仔

秋風吹動竹林，發出陣陣颯颯聲，不少枯黃的葉子，隨風亂舞。樂天宮前只有兩盞微弱的緋紅色燈，照射出一點光芒。

花麒麟坐在板凳上抽菸，不時低頭滑滑手機。一位穿著紫色T恤，留著短髮削邊頭，脖子爬著幾片刺青的男子，靜靜地走過來，坐在他旁邊。

土狼狗也走過來，嚴肅地聞了聞他。

「Rocky、Rocky。」這男人說。

「暗害仔祢來了。」花麒麟說。

「不要叫我暗害仔，難聽啦。」暗害仔說。

「那要叫什麼？大家都這麼叫，不然叫創空仔好啦！」花麒麟說。

「花美男，花麒麟的哥哥。」暗害仔說。

花麒麟忍住笑，把菸頭丟到地上踩熄，繼續滑手機。

土狼狗在旁邊坐下來，看著暗沉沉的前方。

「憨慢的——王爺感覺如何？」

「不要來亂，王爺不想理祢。」花麒麟說。

「你不了解我，別人講的不是眞的。人和人、人和鬼，都要相處過才會知道。」

「嗯。」

「對不對，大家在江湖上走，互相、互相啦。」暗害仔說。

土狼狗的耳朵忽然豎起來，站起來對著前方黑暗的深處，發出低沉的咆哮聲。

花麒麟放下手機。

黑暗中出現一位女子，是阿官，祂來過幾次。這女子飄移進樂天宮，二話不說，直接雙膝跪在墊子上。祂的右手只剩下短短一截，關節以下都不見了。

祂跪在拜墊上，先舉起一隻半的雙手，然後往下拜，腰緩緩彎下，額頭貼到拜墊，連續三次。

接著單手放在胸前，對著王爺說：「王爺祢要替我作主，我那一隻手就是找不到，好奇怪，我到現場找了又找，就是找不到，要替我作主——我只是車禍，現場昏迷半個小時而已，就被送到救護車上了。救護車上的人說沒有看到我的那隻手，警察也說沒有看到我那隻手。」

阿官用哭嗓哀哀地敘述。

「當時我沒有注意右手不見了，醒過來後看到自己受傷這麼重，很傷心，就想用手擦眼淚，沒想到右手竟然不見了……兩天，才兩天啦，我就醒來了。王爺要替我作主，我回去找，什麼都找不到，這樣要怎樣做人啦。」

「其實這個女人是被分屍的啦。」坐在板凳上的暗害仔低聲地說。

「眞的嗎？」花麒麟說。

「放在一個旅行箱裡面，被那個殺她的人塞進去，然後載去垃圾場丟掉。」暗害仔說。

「怎麼差這麼多？神也敢騙。」花麒麟說。

「因爲很大包，又包得好好的，去那邊撿東西賣的人，以爲裡面裝的是什麼好東西，打開來看，差點嚇死。」暗害仔說。

「很臭吧？」花麒麟說。

「那隻手真的是丟掉了，誰知道當時殺她的那個人，把它丟去哪裡。」暗害仔說。

「祂應該去找那個男人才對。」花麒麟說。

「關起來啦，還在打官司，不會死啦，關十幾年就出來了，這種女鬼不敢去監獄無理取鬧，那裡惡氣太盛。」暗害仔說。

「王爺啊，祢要替我作主，幫我找那隻右手回來，眞的不好看啦。」

「還很愛美。」暗害仔說。

「找Rocky幫忙問問，有沒有被狗咬走了。」花麒麟說。

土狼狗在原地搖了搖頭。

「什麼亂七八糟的鬼都有。」暗害仔說。

「祢也不要隨便說人家，阿官只是在找手，又沒有要害人家。」花麒麟說。

「你在說什麼？」暗害仔說。

「像祢沒事就去拉人家的方向盤，害人家去撞牆壁、撞路燈、撞對方的來車。」花麒麟說。

憨慢王爺的眉頭皺了皺。

「王爺要爲我作主啦。」阿官的眼淚大顆大顆地掉。

「祢實在很恐怖。」花麒麟說。

「沒有啦，這樣很公平，我那時候從路上掉到懸崖，也是被人家拉到方向盤掉下去的。」暗害仔。

「眞的嗎？是祢喝醉酒，還是沒睡飽，還是吃藥，說人家拉祢的方向盤？」

「有人拉啦，我眞的很冤枉。」暗害仔。

「趕快去投胎啦，免得又一直在害人。」花麒麟說。

「我是好鬼，是眞正的好鬼！我這是替天行道，被我害得到的，都是罪有應得。如果不是這樣，拉他的方向盤根本沒用，這是因果報應，不是前世的就是現世的。」暗害仔說。

阿官站了起來，低下頭，用左手掌擦了擦眼睛，垂下頭好一會兒，靜靜飄了出去。

土狼狗跟了出去，對著她的背影吠了幾聲。

「我時辰還沒到，因緣還沒滿，時機到了會跟你們講。」暗害仔說。

「現在還是會替天行道？」花麒麟說。

「因緣還沒有了結。」暗害仔眼珠骨碌碌地轉動。

「王爺祢看怎麼辦？」花麒麟轉身對著神龕上的王爺說。

「幫祂用筊白筍接一根吧。」憨慢王爺說。

「王爺開嘴了，王爺開嘴了。」暗害仔拍著雙手，笑嘻嘻地說。

「嗯，筊白筍。」花麒麟皺起了眉頭。

33 有靈就好

「很多人不知道自己在拜的是什麼神，只是跟著人家拜。」花麒麟用權威的語氣說。

「不知道是哪個神，重要嗎？跟著拜就好了，跟這個神有緣就好。」憨慢王爺說。

「土地公大家都知道，樂天宮這種大多人搞不清楚。」

「咳、咳，反正是小廟。」憨慢王爺說。

「確實，能夠通最重要，名門正派的神不一定有用。」花麒麟說。

「我們這種，大家不想問清楚，有靈就好。」憨慢王爺說。

「聽說以前報明牌，十次中三次，全台灣的人都包遊覽車來這裡看牌，整晚不睡覺，盯著香爐看。」花麒麟說。

「現在是一百次中一次。我不想玩了，但是還有人不肯放過。」憨慢王爺。

「王爺有想到成爲一個大神嗎？想辦法蓋一間大廟，信徒好幾萬的那種。」

「沒有這種志向。」憨慢王爺有點靦腆。

「我要是祢，我就這樣想。」花麒麟聲音變得尖銳。

「從來沒想過。」憨慢王爺說。

「還是我來做做看，來募款建廟好嗎？」花麒麟的眼睛發著光。

「想發財想瘋了。」憨慢王爺的口氣很不屑。

34 蓬萊小武當

阿財在「台灣武當廟」門口高聲嚷說自己被玄天上帝附身了。玄天上帝降靈下來交代一件重要的事，他要跟信衆宣布，叫大家過來聆聽聖意。

那時花麒麟拉了一張鋁製的圓板凳，和一群人坐在一起聽他講。

玄天上帝說：要把大陸的武當山移過來廟前，祖山已經失靈了，衆神已經出走了，那裡只是一座假山。因此要把武當山移過來，在這裡重新結壇，聚集衆仙，保國衛民，斬妖除魔，震懾一方。五月十五日，午時三刻，就要移過來，大家要過來迎接聖山。時辰一到，整座山會凌空而降，衆人要注意西邊的天空，恭迎聖山。

這個訊息經由口傳、電子媒體傳播，很多人都接到了這個訊息。聚集在這裡的人不算多，主要還是附近的鄰居和看熱鬧的人。

廟前正是一片空地和稻田，不過僅有三、五百坪，再過去就是高架橋和民居，落在那裡適合嗎？

此事並非不可能，杭州的飛來峰，便是由印度飛來的；台灣南部的錫安山，是由耶路撒冷來的。

當天，阿財和兩位助手在廟前擺了一張桌子，面朝西方，四腳墊了金紙。桌面前方擺了一座香爐，香爐插了幾炷香，又有三杯酒、鮮花、水果，排著十幾張符咒：鐵公吞邪符、六甲神像除邪符、五路財神招財符、茅山獨腳鐵面雷神百解治邪符……

阿財在桌前起乩，頭綁黑色雲紋頭巾，裸露的雙臂刺滿雲龍紋，身穿龍虎裙、八卦圍肚，腰繫雙龍腰帶。手上拿著白鐵鯊魚劍、紅色齒刺球，腳踏七星步，嘴巴唸唸有詞。不時燒幾張符，揮舞鯊魚劍，轉動齒刺球。

亂了兩個時辰，武當山還是沒有來。西邊的天空一片澄清，偶爾有幾片雲飄過。臉色發白的阿財，終於停下來，累得癱坐在地上。

退駕之後說：現場有女人月事來，不乾淨，武當山有所忌諱，明天再來一次。

結果第二天烈日當空，天氣炎熱，又鬧了一次，武當山還是沒有來。

心情低落、滿臉怨恨的阿財，對著西邊一片澄清的天空大吼大叫，鯊魚劍亂刺，齒刺球亂甩，忿忿然地離開。

人群散去，口中議論紛紛。

是不是降落在別的地方了？但全島並沒有傳出這樣的消息。

經過了半年，阿財說武當山沒有來，那我們就去武當山謁廟，當面問個清楚。不久，眞的與信衆組團去了祖廟，那時湖北省的武當山大殿確實遭到火劫，損失了很多傳承五百年的寶物，重要的建築物也半毀了。負責單位正在整修，但相關人員還是有接待來朝山的人們。

和阿財有連結的ＦＢ、ＡＰＰ，陸續接到阿財的貼文和說明。

阿財說，單位的主事者送了一個武當山古建築群銅雕、一尊半尺高的黃銅眞武大帝神像、一顆雕有蛇龜的祖師玉印、一百個太上老君八卦護身符、五十個武當山千歲碗。

原來玄天上帝當時的確有起心動念，阿財接到的訊息沒有錯，武當山大殿著火、衆仙飛逃的那刻，整座山有移居的念頭。台灣曾經被考慮過，因爲這裡的信徒最虔誠，大大小小供奉之處超過三百間，來此必可受到隆重歡迎。阿財還是有靈的，衆人也嘆息，可惜衆仙沒有選擇搬遷到這裡來。

離開武當山當晚，玄天上帝諭知，眞身在數年後，因緣俱足，將蒞臨台灣，繞行全境，降妖伏魔，護國佑民。

不論如何，此行成果豐碩，小武當廟是玄天上帝下旨給了誥封，並賜名「蓬萊小武當」，祖山送的神像、玉印、護身符等就是證明。阿財的靈通一時威震全島。

35 用血汗來換

那個人拿了一把水果刀，跪在王爺前面。

嘴巴嘟嘟囔囔說了一段話之後，就用右手拿起水果刀，割自己的左手手腕。

血一下就流了出來，額頭也冒出汗水。男人嘴巴緊咬，把那個淌著血的傷口伸向前，展示給王爺看。

「祢看！祢看！聽說祢是最慈悲的，看到我們這些憨百姓受苦，祢就會凍未條。」

「祢看我受這麼多苦，都沒有幫助我。跟祢問幾號，祢就是不說！」

那個人把手臂流出的血甩一甩，灑得地下斑斑點點。

然後再劃了一刀，又有一股血流出來。汗水往下流，眼睛眨著眨著，嘴歪了一邊。

「我被人家逼債逼到受不了，牙齒被打掉兩顆，再還不出錢，我會被抓去活埋。」

「祢看我鼻青臉腫，家裡還被放火，車子昨天被他們開走了。」

「我實在是走投無路，沒有人要借我錢。」

「這樣還不夠是嗎？」

這個人拉起衣服，露出有點凸的肚子。

「祢以爲我不敢嗎？」

他在肥肥厚厚的肚皮上割了一刀。

厚厚的皮層，慢慢滲出一些血絲。

這個人臉上汗水一直流，眉頭緊皺，牙齒打顫。

「王爺要出號碼給我啦！不然我要死在祢的前面，不要以爲我不敢！」

這個人站起來，手裡緊緊握著刀。

血一直滴到地上。

他走到香爐旁，把香枝抽起丟掉，用發顫的手掌把爐內的香灰鋪平。

然後睜大眼看著香灰。

好一會兒，肚皮流出來的血，浸到了皮帶上。

他握著那把水果刀走來走去，然後朝爐內看了看，嘴裡喃喃唸了唸。

「好像是說六號、九號……」

「好像是說六號、九號、七號……」

好一會兒，他把水果刀往地下一丟，在王爺像前雙手抱拳，舉到額頭，深深鞠了三個躬，然後大步走了出去。

36 假假的鬼

「我走了那麼多宮廟墓祠，最不喜歡三個鬼，想到就不太舒服。」花麒麟說。

「真的啊？說說看。」憨慢王爺說。

第一是愛罵人的鬼。

祂的臉是泥黃色的，這種臉色看起來就很討厭。罵人時青筋暴起，嘴巴口沫橫飛，表情猙獰。

罵人的內容包括偷雞摸狗、好吃懶做、貪淫好色、包藏禍心。官不官、民不民、神不神、鬼不鬼、男不男、女不女、夫不夫、妻不妻、父不父、子不子，要錢不要命，傷天害理。

不過很奇怪的是，香火還滿旺的，經常有人跪在祂面前，低下頭，任憑辱罵。還有人痛哭流涕，挨罵之餘嘴裡還一直說對不起、對不起。

聽說懂得懺悔的，就會被原諒，所以很多做錯事的人會來這邊跪拜，讓祂罵，據說可以減輕罪罰。

第二是嘴巴掩起來的鬼。

這是讓人不會說錯話的鬼，很多人一時衝動說錯了話，收不回來，後患無窮，後悔莫及。

這個鬼會讓人卡著不能說話，喉嚨會緊縮，有話說不出口。當人內心發熱，頭腦暈糊，忍不住正要衝口而出時，會彷彿有一桶水澆灌下來，頓時五臟六腑驟然冰冷，頭腦降溫，要說的慾望和衝動突然消失。

這鬼會出一張符，要用生肉三牲、行大禮、獻高香才能求得。這張符帶在身上，就可以隨時忍住，不會說錯話，想說也說不出來。

這個鬼不能讓祂開口說話，一開口就會出大事，比如說地震、乾旱、做大水、病蟲害、公司倒閉、股市崩盤、瘟疫流行。祂好幾次開口說話問題就發生，所以要用紅布把嘴掩起來。可是不知道爲什麼，那一塊紅布不時就會掉下來，或者歪一邊，露一半，讓祂說出話來。這是最恐怖的，所以管理人很小心，每天都要檢查那塊紅布有沒有綁好。

第三個是天秤鬼。

這個鬼有一組秤子，人們來這裡問事，祂就會把這件事拿來拈一拈、秤一秤。這組秤子有一個木桿，木桿上有一到十分的刻度，一顆銅砝碼，一塊圓銅盤。

譬如長輩過世子女覺得財產分配不公的，夫妻吵架要離婚的，婆媳爭執的，凶殺的，車禍的，有投資問題的，都可以來說事。

根據來問事者的講法，祂能卽刻出神，出去明查暗訪，快速地還原、翻頁、轉場，了解事情的來龍去脈、頭頭尾尾。

秤子的結果分成五種，第一種是五比五，兩方對錯差不多。第二種是六比四，一方對六、一方對四。第三種是七比三，第四種是八比二，第五種是九比一。天秤鬼會把結果告訴桌頭乩身，由旁邊協助的人開出一張單子，交給問事的人。

有些人看了結果很滿意地點頭；有些人淚流滿面，雙手合十地感謝不已；有些人不講話，低頭走開；有些人嘴巴嘀嘀咕咕，滿臉不服氣；有些人當場撕掉單子，罵幾句髒話，轉身走人。

這個鬼對什麼事都喜歡拈一拈，秤一秤，批評一下。遇到很多事，心中立刻有意見，大到總統選舉、院長、部長人選、立法委員的發言內容，小到街道命名、鄰里長出差費、商店招牌大小。甚至人的高矮、胖瘦，臉孔的美醜，都喜歡評論，又喜歡到處講。所以被人製造假車禍，撞死在街頭。因爲這個人說的事情有些很公正，說出大家不敢說的話，大家覺得祂可憐，死得有點冤，所以在萬應祠塑了一個小像，立了一個牌位來拜，有事也會去問祂。

「我怎麼覺得這三個鬼，假假的。」憨慢王爺說。

「蛤？」花麒麟很驚訝王爺會這麼說。

「嗯？」憨慢王爺側著頭看看他。

「神鬼統統是假的，都是人心變出來的。」花麒麟有點不高興。

37 看得開不要神

「依祢那麼多的經驗，很多來問事的，來求保佑的，祢只要阿棟伯跟他說兩句，託夢給他，或用擲筊，一下就解決了。」花麒麟說。

「哪有這麼簡單。」憨慢王爺說。

「說清楚就好了，有些事根本不可能，譬如說呆子變聰明，死人要復生，這種太過分的要求，神明要怎麼幫你？對不對？」花麒麟說。

「哪有這麼簡單。」憨慢王爺說。

「執迷不悟，糾纏不休，強神所難。」花麒麟說。

「就是執迷不悟才會來糾纏。」憨慢王爺說。

「眞的講不清，硬要拗，什麼兒子要娶有錢的媳婦，媳婦要跟公婆住、要孝順，最好生四個小孩。」花麒麟說。

「小事。」憨慢王爺說。

「什麼要小孩參加公務員考試，一次就要考過，公家機關上班才有保障。他的小孩根本不想考，還離家出走，要王爺勸他回心轉意。」

「就是這樣，做得到的就不會來求了。」憨慢王爺說。

「要求太離譜，失敗了還要來吵，還要來拜。」花麒麟說。

「人——就——是——這樣。」憨慢王爺慢慢地說。

「王爺好像……」花麒麟頓了一下。

他抬起眼和王爺四目相對一會兒，然後說：

「看得開，講得聽，就不需要神明了。」花麒麟忽然明白了什麼。

「我說得對不對？」花麒麟再接了一句。

「呵呵呵。」憨慢王爺瞇著眼笑了。

「金口不能隨便開？」花麒麟說。

「一個念頭就是一個劫。」憨慢王爺說。

那位頭髮灰白、面容憔悴，懷疑先生在飯菜裡下毒的女人又來了。

兩人停止了對話，靜靜地看著。

這女人緩緩走過來，把手提著的袋子放在供桌上，然後拿出一串香蕉、一粒蘋果，擺好。接著走到神龕前，跪在憨慢王爺面前，雙手合十，恭敬地拜了三拜，嘴裡喃喃地唸了起來。不一會兒，從口袋中掏出一張黃色符咒，攤開來，用右手食指顫顫巍巍地比比王爺，然後收回來用手掌貼著胸口，垂著頭，嚶嚶地哭泣起來。

「她先生到底有沒有對她下毒啊？」花麒麟說。

「是外遇啦，抓又抓不到，心裡恨。」憨慢王爺說。

「疑神疑鬼，身體會有毒素。」花麒麟說。

「有些病要慢慢醫，一次醫好她就不來了。」憨慢王爺說。

「她常來祢就有水果吃。」花麒麟說。

「嘿、嘿、嘿——」

38 神方便人方便

「很多廟裡面什麼神都有，怪怪。」花麒麟說。

「媽祖、關公、玉皇大帝、註生娘娘、文昌帝君、哪吒三太子、廣澤尊王，還有文武財神……大家想拜的都有。」憨慢王爺說。

「還有佛祖、孔子、太上老君、無生老母在一起的，哇！」花麒麟說。

「有啦，都有。」憨慢王爺說。

「祢看這樣子可以嗎？差那麼多？」花麒麟說。

「什麼神都有很好啊。」憨慢王爺說。

「像百貨公司一樣，最流行的神、最需要的神統統都有。神跟神這樣放在一起，不會有問題嗎？」花麒麟說。

「不會啦，不會亂，總是有主神，大家都知道媽祖廟、關公廟、三太子廟、帝爺廟的主神是哪尊，其他是方便大家的。」憨慢王爺說。

39 小藥房

憨慢王爺說：

「做神不容易，尤其是像我們這種。小小的神有什麼大力量；風調雨順，國泰民安這類我都做不到。婆媳不和，貓狗走失，報報明牌，切斷爛桃花，趕走一些髒東西，擋擋煞大概還可以。」

「就這樣啊？」花麒麟說。

「大的病要去醫院，這裡只是像去藥房一樣，只有一些簡單的藥，感冒、頭痛、拉肚子、皮肉傷可以幫幫忙。」

「幾十年了就這樣！」花麒麟說。

「山不在高，水不在深。」憨慢王爺說。

「我過兩天要去鏡照宮訪問，那個宮的神跟一般的都不一樣，王爺怎麼說？」

「不能說、不能說，去看了就知道。」

花麒麟的眼睛瞪得很大，感覺王爺在賣關子，不肯明示。

40 道法無邊鏡照宮

花麒麟把〈世間聖殿鏡照宮〉採訪稿，交給宮內負責文書的先生看了幾遍，再交給總幹事審閱，改了又改，修了又修，來來回回十幾次終於定稿。完成後便寄給了「夢影傳播」公司的老闆藍精彩。

鏡照宮位在喜樂區菜市場附近，這座菜市場幾十年來都是最大的早市，從清晨開始便熱鬧滾滾，人潮不斷。市場附近有一間土地廟，一間有應公，規模都很小，大一點的媽祖廟距離兩、三公里。

鏡照宮以祭祀特殊的神祇、不同的風貌而受到歡迎，和渡化早逝嬰兒的「嬰靈宮」，祝願多性別戀愛的「陰陽聖化宮」，求取各類財資的「黑面財神廟」，祭祀寵物亡靈的「寵魂宮」，並稱爲台灣五大奇廟。

宮的面積不大，占地七、八十坪，不過神蹟昭顯，香火鼎盛，鎮日氤氳繚繞，信徒衆多，人聲呶呶。和多數的宮廟、神壇一樣，產權有紛爭，地目不合法，始終不能登記，因此大部分財產及捐獻不需要繳稅。曾經想處理的人，總是沒辦法成功，相關問題的官司纏訟多年，都不了了之。

宮的周圍有飲食店，水果行，速食店，中西藥店，服飾行，雜貨店，旅社，機車行，香燭行，花店……香甜、腥臊、辛辣氣味雜陳，各行各業的生意很是興隆。

與一般廟宇相似，大門是暗紅色的，上面繪有秦叔寶和尉遲恭兩位威武的門神，半尺門階十分厚實，左右兩座是觀音石雕製的石獅子。大門是常開的，歡迎大眾隨時進入參觀、禮拜、求籤問事。

正上方的重簷下，懸掛了一個黑色匾額，匾額上題著金漆大字：

鏡照宮

旁邊的署名是草書的「仙禪」兩個字。

山門上是黃色的琉璃瓦，兩旁是艷紅色、來自阿里山、直徑半公尺粗大的圓形木柱，柱子上沒有石雕、泥塑的蟠龍，只用金色的漆寫著一副對聯：

紅塵千念唯識

萬教一心在茲

旁邊署名「弟子吳阿居」、「黃麗妹　敬獻」。

走上六個台階，跨過門檻，迎面而來的是一座兩尺多高的石頭雕像。雕像底座寫著「臆想尊者」，兩旁還有一副對聯。

擬造自有神

臆想無限大

旁邊署名「三教儒宗理事長簡仁祥」、「總幹事蘇文養　敬題」。

這尊者身穿綴滿米色花瓣的青色袍子，身上幾朵白色祥雲層層疊疊，頭上一個髮髻，雙手互握，盤膝而坐。尊者垂著頭，微閉著眼，像是正在思索什麼。

臆想神尊兩旁的門楣寫著「青龍，白虎，出將，入相」。

門內樑柱上，左邊懸吊著青銅鑄的鐘，右邊安置一面大鼓，凡是舉行法會、辦理祭儀，或者友好宮廟來訪和貴賓蒞臨時，就會以一鐘三鼓的方式鳴奏，以示慎重。

在青龍側的牆壁上，嵌有一塊淡黃色大理石碑，碑上的字是紅色的，寫著「鏡照宮沿革」：

歲在乙丑，仙禪居士彭信有，一日忽悟天地人世至道，鏡照世情之迷著，親見未名之四神十六尊者，乃默訪各地宗師，誠心探究，期間經歷人間糾纏，愈發堅定道心。十年後，路過此地，覺仙氣氤氳，怨念交織，感因緣已足，便邀集地方賢達，苦心勸誘，募款建宮，時諸大德皆來扶持，前後歷六載餘，宮院粗具規模。

居士詳爲四神十六尊者之命名，疏解，安座之日，紫雲密集，天光乍現，靈鳥來朝，祥瑞萬端。

又十年，陸續增修內部，雕樑畫棟，務使美輪美奐，仙禪居士雖中道羽化，然吾輩弟子等，恭秉遺訓，戮力從事，不敢自遑。本宮雖福居塵市，然最爲方便清淨，不拘百工百業，不執人物品第，一體同蒙慈悲福澤，誠爲不可多得之聖域。

本宮虔誠信眾，率多有求必應，靈驗屢傳，實證神意不訛，冥冥來格，故香火鼎盛，歷久彌新也。

管理委員會主任委員　蔡貴奎
孫〇〇
羅〇〇
及眾弟子一仝
時在丁酉吉時

左手邊進去是一間辦公室，負責管理宮中事務的執事者，就在這裡辦理各項事務。相對方向則是間廂房，裡面有很多桌椅，可以讓人們聚會議事，也是聽經講道的處所。廂房前的一個櫃子，擺了一疊「鏡照宮」簡介，旁邊放了一個「歡迎取閱」的小牌子。這本三十多頁的黃皮冊子，相當完整地介紹了建宮的緣由。黃皮冊子的第一頁是榮譽哲學博士、仙禪居士彭信有的正面照片，然後是籌建宮廟委員們的合照，再翻一頁則是仙禪居士設「祭天台」，向天空「始源」及三界稟告的儀式照片。其次是鏡照宮開工動土典禮，興建落成，神佛像開光等等歷史鏡頭。其後則是介紹諸神的來源、神性、神能、歲時例行祭儀、年度重要行事等等。

黃皮冊子上說：仙禪居士綜合佛道儒及西方宗教大意，雜揉自成一道派，此種說法雖為同道議論、斥責，然而道法熾盛，扶持的人物衆多，無法拘限。率多政界人士、三教九流，不計毀譽，紛紛誓言追隨居士。後有宗教大德認爲，聖法生生滅滅，自有因緣，不必阻撓，所以能夠屹然矗立，影響一方。仙禪居士本身早歲父母雙亡，手足無情，歷經人世劫難，刻苦自勵；後又妻離子散，罹患重病。凡此種種，仍能百劫不壞，印證大道，確爲人中豪傑。

廂房前的櫃子裡排滿了各類善書和影音資料，舉凡濟公活佛現身說法專輯、了凡居士因果報應錄、勸世良言、弟子規、藥師琉璃光如來本願功德經、金剛波羅密經、太上感應篇圖說、關聖帝君覺世眞經、心經、修道寶鑑等等，隨緣取閱……。

常來這裡的有魏居士淨土誦經團、黃師傅易經風水班、雲天宮扶鸞問事、蕭老師讀經班、喜樂市場長青聯誼會。

辦公室內尚隔有一間密室，爲處理宮內重要事務的會所。裡面有一座高達兩公尺、寬一公尺半的銀色保險箱，因爲曾多次遭竊，現已鑲焊在牆壁中。每逢大小民意代表選舉，這裡也是各方財務匯集、分配、發送的所在。

再走進去，下四個台階，便是個鋪著青石的廟埕。

此處約二十平方公尺的空地，即是轟動一時的箱屍案現場。當時執事者清晨起來，看到一只大型行李箱放置在廟埕中間，潮濕的箱子發出陣陣臭味。警察來到後查知是一名被殺的男子，身體蜷曲放置其中。此案立刻成爲媒體報導熱點，數日內成爲全台焦點。命案很快偵破，受害人是附近遊民，殺害者是常遭勒索的商家，雙方積怨已久。凶手絞殺他之後本想棄屍山區，一時猶豫不決，不知如何處置，便將行李箱放置廟中。鏡照宮因此事名聲顯赫，陸續來訪者遍佈全台，數月不停。

廟埕兩旁各有廂房，開放式的廂房全用黃梨木打造，櫃子高及人胸，安有八座尊者塑像。尊者高一尺二寸，形貌類似十六羅漢，皆使用陳年樟木、聘請巧匠精工雕塑。塑像前有神案，神案上有兩根紅燭、一只塑膠紅色供碟、小小的金色香爐，以及結緣奉獻箱。尊者上方嵌有一個牌子，說明尊者的名諱。兩排櫃子下沿，以紅漆刻有捐贈者的姓名。

根據宮內提供的黃皮冊子，載明了十六尊者的詳細資料，讓眾人各尋所需，各安其心。黃皮冊子上一開始便記載了信徒因爲正信虔誠，神尊預示警告，讓一對老夫妻避掉災厄。

馮女士是汐止農會退休員工，自本宮成立不久卽爲信徒，熱心參與各項活動，虔誠護教。去年四月忽覺心煩意亂，惶惶不安，與先生兩人來宮，禮拜諸神明。當日下午忽然地震，馮女士所住老舊磚瓦房倒塌，隔鄰有一間空房半毀。所幸老夫妻皆在宮內，平安無恙，衆人皆說神明保佑，若兩人當時在房中，後果不堪設想。

馮女士爲感念尊者示警，捐獻十萬元台幣，刊印黃皮冊子數百冊，供有緣者取閱。其後助印者甚衆，姓名、地址皆列於冊末最後一頁。如有蒙受某尊者助益，事蹟昭著，以附錄列於該尊者名下。根據黃皮冊子記載，十六尊者的神性與神能表列如下：

■第一位──「向上尊者」
神性：只上不下，意志堅強，一路克服重重阻礙。
神能：增力量，去阻礙，步步向上，達成心願。

■第二位──「怡然尊者」
神性：漫然自在，不動慢應，平穩安定。
神能：塵囂不掛，安然入夢，緩緩成事。

■第三位──「瑕疵尊者」
神性：身體不完整，內心有缺陷，瑕疵外現，奮力存活，展現成就。
神能：經營事業不善，處事不周全，自身或兒女殘缺，仍可順利成功。

■第四位──「巨大尊者」
神性：龐然巨大，庇佑受難者，阻擋災難，豐功偉業，廣受瞻仰。

神能：積累績效，成爲領導者，廣受歡迎和尊敬。

附錄：

某公司業務在高速公路出車禍，遭大卡車由背後追撞，車打滑右斜，翻滾，擦撞另兩台轎車。四台車皆受到嚴重損毀，總共兩人死亡，五人輕重傷，他是唯一受輕傷者。車禍發生刹那，他感覺有一巨大神人出現，用身體護衛，遮擋車內金屬和玻璃的擦刺，劇烈翻滾中，僅有頭部和手臂刮傷而已。這位業務員特來致贈本宮「巨大尊者」金牌一枚，以示感恩。

第五位——「飢渴尊者」

神性：金錢無窮，權位無限，淫慾無盡。

神能：更多的財富，更高的權位，更豐富的情慾。

第六位——「咒怨尊者」

神性：抱怨，批評，攻擊，毀謗，下詛咒。

神能：去除人與事的阻礙，轉換人際關係，改變情勢。

附錄：

蘭花歌坊張總經理，原來在三重開店，生意興隆，屢次遭同業忌妒，找人砸店，勒索，後又被檢舉賄賂。轉往板橋後，依然如此。經人介紹來本宮向「咒怨尊者」求禱後，短時間店內鬧場、勒索的人減少大半，索賄不法官員遭人檢舉移送法辦。原本水火不容的同業鬪門的鬪門，出命案的出命案，蘭花歌坊因爲經營得法，很受歡迎，陸續在大台北地區展店五家，生意興隆，有口皆碑。本宮神尊遶境時，年年贊助五個陣頭。

第七位——「正直尊者」

神性：光明磊落，公平公正，直道而行。

神能：降禍小人，懲治違法亂紀，好人出人頭地。

第八位——「傾斜尊者」

神性：傾斜視角看人世，否定存在的合理，以偏頗爲正確。

神能：不次升等，轉正爲斜，轉斜爲正。

▨左邊第九位──「美體尊者」

神性：形體外貌美滿，吸引注意，招引人緣。

神能：願望得遂，可受眷顧，身心俱美。

▨第十位──「合和尊者」

神性：竊盜，娼妓，邪惡，貪瀆，賭博，卑賤，酗酒，毒癮，謀害。

神能：無罪無災，諸惡得解。

▨第十一位──「誠實尊者」

神性：穿透人心，查知眞相，解人心意，坦白顯示。

神能：冤屈得昭，眞相大白，知己知彼。

附錄：

寶玉油漆行老闆突然中風過世，五個兒女爭財產，官司打了七、八年。爲公司出力最多的養子盧根爲，因爲是外室女子所生，雖然有入戶，但其他兒女百般刁難，不願分給他。不得已請律師幫忙，打官司。寶玉油漆行曾經破產，被法院拍賣過，若非盧根爲出面主事十幾年，寶玉油漆行不會有市區五、六棟大樓的局面。老闆兒女皆非簡單人物，爲謀財產，用盡心思，計謀多端，幸好法院還他公道。鏡照宮大部分油漆工程，都是請寶玉包的工程，盧根爲和宮內「誠實尊者」有緣，誠心祭拜了很多年。官司定讞後，誠心來還願，並恭請一尊分身回去家裡，鎮宅保平安。

第十二位——「負重尊者」

神性：擅長揹重物，承擔任務，喜好困難繁雜。

神能：找到任勞任怨得力幫手，解決難題，助成工作。

第十三位——「擾亂尊者」

神性：破壞現有的一切，製造混亂，發生意外。

神能：讓對方不斷發生大小事件，無法經營，不能存續。

第十四位——「評斷尊者」

神性：卽刻判斷事情的是非對錯，行爲的善惡，外貌的美醜，事件或利或害。

神能：能查知事情對錯，對己是正面或負面，前路是否順利可行，投資是否正確。

第十五位——「善病尊者」

神性：生過各式各樣的病，善與病相處。

神能：明病因，知療法，去病痛。

附錄：

豐瑞銀行李襄理，發現胰臟癌三期，經過放射治療，再加上化療，效果不佳，擴散到很多器官。本想放棄，聽說本宮「善病尊者」靈驗，便來參拜，請求指點。後蒙賜一籤，告示將遇貴人，大病得癒，才又積極尋醫。後竟逐漸康復，癌症轉移部分逐漸消退，身體變得很有元氣。

第十六位——「拉住尊者」

神性：用工作，家庭，婚姻，倫理道德，拉住不定的身心。

神能：求有家室，婚姻能成，找到適合的工作，得子嗣。

廟埕上還有座半透明的遮雨棚，約二十平方公尺，年中四大祭儀──媽祖、佛祖、關帝聖誕以及中元節，或其他宮廟來會香、短期駐駕時，可以在這裡安座、行事。走過廟埕，便來到正殿。

三川脊的中脊及兩側的小港脊，有翹起的燕仔尾。脊堵上馬路及下馬路，用泥塑彩繪裝飾花草、水族動物，還有虎、豹、獅、象四獸。堵肚做有八仙、人物帶騎、花鳥、雙鳳牡丹，垂脊末端有的順勢做鳳凰、水龍、鯉魚吐水。隨脊線下拉後又向上揚起，顏色鮮艷繽紛，模樣生動活潑。

四根主要圓形樑柱上各有對聯：

浮生若夢還我本來面目
到此思源莫不悚然而驚

迴身不必遲疑光明乍現
轉念即刻回頭大道在前

對聯下寫有：媽福會眾爐下弟子一仝敬獻

左手邊有一棵大樟樹，腰圍粗壯，需要兩個人環抱。樹幹如龍鱗般，層層疊疊，龜裂剝落。樹下用水泥砌了半圓形座椅，座椅上用洗石子鋪設，讓人們可以在此小憩。

大樟樹至少已有八、九十年，樹葉濃密，每當果子成熟變成紫色時，便有許多麻雀、五色鳥、白頭翁、喜鵲翔集，在此喧鬧、啄食，將吃剩的果實撒落滿地。

右手邊是一座金爐，讓信衆在此燒化金紙。

金爐火口亦有一副對聯：

有求就有苦

有苦就有求

旁邊署名「蔣金珠全家敬獻」。

金爐旁邊有一小型圓拱側門，供人出入，頗多流動鶯燕於此門外徘徊。許多觀風知趣的男子，也會來此地流連。

正殿台基的正前方中央位置，在台基與地面之間，安置著兩坪左右的斜坡石塊，這是爲了方便神轎出入，御階中間刻有維妙維肖的雲龍浮雕。

殿前有一個大香爐，四時香煙裊裊。香爐後，便是主神安座的居所。

殿前楹聯：

鏡人間映萬象

照火宅悟自性

旁邊署名「信士鍾簡粉女鍾采珍　敬獻」。

主殿匾額：

人神自在

旁邊署名「仙禪」。

四壁也掛著內政部長、省主席、縣長、議長、〇〇公司董事長、各宮廟、政府單位等等的匾額：

神威顯赫，靈蹟昭驗，福德祐民，黎庶是賴，熱心公益，慈善楷模

長條神案上有四位神祇造像：

第一位是「氣神」，墨綠色面容，鼻孔特別大，表情嚴肅。身上袍子纏滿淡綠、黃綠、

豆綠、蔥綠色的枝條與葉片。

第二位是「土神」，有五張老年人的臉，五種顏色，居中正向的黃色，東向青色，南向赤色，西向白色，北向黑色，皆穿土黃色長袍。

第三位是「水神」，魚頭人身，兩眼黑亮，向人凝視，腮邊佈滿桃紅色鱗片，厚厚的嘴唇半張。白袍上有水波、浪濤、落雨的圖案。

第四位是「光神」，臉色紫黑，眉毛如刺蝟，突出的大眼，炯炯有神，身穿紅袍，袍子上佈滿一朵朵黃色火焰。

兩旁的對聯是：

既得此生需善用

已來塵世莫逍遙

旁邊署名「鴻展企業詹益柱敬獻」。

根據黃皮冊子及網路採訪紀錄，神能是：

「氣神」，無臭無味，難以察知，無所不在，不可暫缺。

「土神」，沉重不移，承載萬物，有種植有回報，生生不息。

「水神」，變動不居，形態多樣，滋潤萬物，清潔污垢，淨化衆生。「光神」，普照世間，孵化萬物，無聲無息，驅逐暗黑，去除邪穢。

四主神之下皆刻有水電行、香燭行、計程車行、鮮花店等等敬獻者的大名。四主神是仙禪參悟之後所得，實爲萬物萬靈的源始，這四神寂靜平常，難求不應，識大者知其道大，識小者以爲不足稱。

主神前下方列滿了大大小小的各方神祇，包括文武財神、關公、媽祖、哪吒、觀世音、文昌帝君、玄武大帝、註生娘娘、釋迦牟尼、保生大帝、清水祖師……凡衆生崇祀的主要神祇，都聚於此處；各顯神通，俯聽衆生細語，接受膜拜。

最前方的兩張大供桌上，擺著鮮花、素果、一對燭台、一堆香灰紙包，還有幾個半月形的竹製擲筊筊片。

大供桌前方，擺設著一座壓克力製的四方形透明捐獻箱，箱內塞有不少紅色的百元和暗茶色的五百元鈔票，也有五十元、十元硬幣躺在底部。

供桌前有兩個拜墊，讓信衆行禮使用。

左邊有個木頭籤筒，裡面插著一尺長的竹製籤條，右邊放著一座斑駁的紅褐色櫃子，櫃子有一格格長方形抽屜，抽屜裡放著三十六張籤詩。

籤筒上刻著花中四君子——春蘭、夏荷、秋菊、冬梅的圖案。

對聯：

脫出是非地

自成蓮花身

旁邊署名「弟子周金獅敬獻」。

這裡不定時會有鸞生來此扶鸞，用桃枝柳筆，在沙上寫字，施方濟世，宣揚人間正道。也有道行高深的師父到此，替陷於困境的眾生除穢、祭改、化解冤親債主。

左邊一個不起眼的角落，靠牆擺著一條一尺左右的香案，香案上安有一座三足鼎青銅香爐。香爐內插滿燃燒過的香枝殘柱，灰白色的香灰四處散落。暗紅色的塑膠酒杯盛著米酒，一只小小的透明賽錢箱裝著半滿錢幣。牆壁上高約一尺半、寬一尺的壁畫，畫著蛇、蠍、蜈蚣、蛤蟆等毒物，牠們瞪大眼珠互相糾纏，張開利齒撕咬，面目猙獰。圖畫上寫著：

人間三蠱帝王，文蠱王，武蠱王，斌蠱王。

左下有三個字：仙禪署

據廟中人士說：很多有企圖心、想謀大位的人物，會暗中來此膜拜這三蠱帝君，祈求能夠像三帝君一樣，既能蠱惑人心，讓群衆追隨，也能一路運用各種計謀打敗對手，文鬥、武鬥皆能成功。還願錢單筆最高曾達三百萬，然而大人物並不常見，心懷怨念的衆生卻到處都是。很多正神不能做的事，信徒無法向祂訴說的，卻是衆生心中最想做的。因此三蠱帝君聲名遠播，香火昌盛，許多信衆不遠千里來祝禱。

三帝君沒有誕辰日，沒有經文，只有咒語和儀式，因爲是本性所有，與諸神對立、同在。

香案上散亂的放著各種黃紙符咒，符咒上用硃砂筆畫得縱橫凌亂，內容包括發橫財、詛咒他人、招桃花、去病痛、打小人等等。

這個角落亦常有各色人物遊蕩，常被人檢舉有毒品交易、聚衆鬥毆。求取明牌的信衆也經常在半夜聚集，高聲喧譁，擾人安寧。

管理委員會：

管理委員會由九人組成，監事五人，會員二百多人。自仙禪居士創辦以來，歷任主任委員皆是地方政治頭人，有國大代表、立法委員、省議員、縣議會議長等。目前的主任委員是議會副議長邱德福，其他委員還有添益雜貨店、吉順水電行、金興佛具行、洪順土木包工、攏總來卡拉ＯＫ店、佛緣香燭舖、良心素食店等各商店的老闆。另外聘有總幹事一名、幹事兩名，負責總務和財務工作。業務兩名，負責與外界各宮廟團體聯繫，並配合推銷商品。還有一位廟祝，負責每日開關廟門，爲每尊神燒頭香，打掃環境。

管理委員會依政府規定，定期召開會議，舉行會員大會，公開財務收支，改選委員。鏡照宮信徒數萬，主任委員一職競爭者很多，歷任主委任內也多力求表現，舉凡爭取經費、大力募款、串連各宮廟、參加海外宗教聯誼、辦理慈善濟貧、發放獎助學金等等。競選期間發生過縱火、毀壞設備、鬥毆、賄賂等事件；也發生過蝙蝠翔集、神像放光、降乩傳旨等祥瑞。雖屢有紛爭，雜議不斷，但宮務興隆，運作十分正常。

參與的組織有中國佛教會、台灣佛教協會、台灣媽祖聯誼會、台灣關公文化聯誼會、世界道教法師聯誼會、世界神明聯誼會、中華茅山道教聯誼會、中華聖母道統慈善協會、中華道教三清功德會、道教五術法術學會、北極玄天上帝協進會、道教法師協會、靈乩協會、道教中壇元帥弘道協會、三山國王聯誼會等等。皆按時繳納會費，參與協會辦理的各項活動。

年度祭儀行事表：

鏡照宮除了特有神祇的祭日之外，大體皆依諸神明既有的聖誕祭儀形式，配祀四主神十六尊者，恭謹行事，昭顯神威，以消災解厄，福佑萬民。鏡照宮也會配合友好宮廟的活動，隨緣參與遶境、消災祈福、完醮、會香、謁祖、海內外交流等。每年固定會有慈善和公益活動，也參與賑災、募款的捐助。不定期也會有宮廟交流、貴賓來訪。一年中以天上聖母、釋迦牟尼、關聖帝君三聖聖誕，以及中元普渡爲四大祭典。宮內會有三到五天的法會，也會有遶境、驅邪、避煞和慈善普渡等活動。

宮內銷售商品：

鏡照宮的衆神尊曾和不少人結緣，虔誠的信衆恭敬地將其請回家中奉祀，也曾有分靈立廟的請求，可惜皆未能如願。

近年來推出的相關商品如T恤、皮包、抱枕、平安米、香火包、平安符、文昌筆、神尊偶、鑰匙圈、筆記本、項鍊、手環，以及最受歡迎的四神、十六尊公仔，銷售情況良好，認購的信衆十分踴躍。

黃皮冊子還附了三十六首籤詩和籤解，這些籤詩是仙禪居士率衆弟子共同閉關參悟，請神扶乩得來的，不同於流行於各宮廟的六十甲子籤、觀音一百籤。因爲是「始源天機」直接下達，只要細細斟酌，必定會有奇驗。爲了讓求得籤的信衆了解詩意，宮內有專門的解籤人，可以爲信衆詳細說明，指點迷津。鏡照宮籤詩有「第一神籤」之名，只要虔誠膜拜，懇求指引，皆能獲得對應，走出迷津。

41 仙禪一直都在

○月二號了，花麒麟點開「星座紫微」，天秤座。

事業運勢　三顆星：☆☆☆

本月手邊的CASE，或執行新的計畫，進度緩慢，需要很多的耐心與毅力。

財運運勢　三顆星：☆☆☆

投資的時候要看看口袋有多深，避免只是爲了投資而賠光光的窘境喔。

愛情運勢　兩顆星：☆☆

兩個人在觀念上會有差異，會無法溝通，各持己見。

LINE響起，花麒麟點開。是「夢影傳播公司」的訊息。

麒麟兄，鏡照宮的稿子收到了，寫得太正式了，雖然那個宮廟本身很精彩，但吸引力不夠，不好看，了解嗎？採訪稿倒是有趣，棒！期待更有趣的改寫或其他宮廟的故事。

兄弟加油

藍精彩

花麒麟低頭回覆：

藍精彩，了解了。訂金也收到了，我知道要怎麼做了，眞的太正式了，自己也覺得無聊，過幾天我會寄給你幾篇訪談稿，應該會不錯。祝公司鴻圖大展

花麒麟

訊息傳出去沒多久，LINE的電話響了起來，是藍精彩。

「麒麟啊，你覺得這個鏡照宮值得寫嗎？」

「這個宮很厲害，而且宮裡的人很重視，既然去拜訪了，不寫不行。」

「這麼強勢啊？」

「是歐，我跟你講，上次在市政府開『奇珍市宗教聯誼會』，社會局長說鏡照宮一直被檢舉，說有違建，又沒有寺廟登記，害他很爲難，叫鏡照宮趕快處理。」

「這個要求合理啊。」

「鏡照宮的總幹事有站起來說明，社會局長講話還是很強硬，口氣很差，結果你知道嗎？」

「怎麼了？」

「這個新來的局長說是博士，很有來頭，中央關係很好，市長不敢不用他。」

「結果呢？」

「我看到仙禪走過去打了他一巴掌，嘴巴當場歪了。」

「什麼！這個仙禪不是已經死掉很久了？」藍精彩幾乎是用喊的。

「是啊，他還帶了兩、三個尊者參加會議，因爲宗教聯誼會也是他創辦的，每次開會都會抬一張楠木九龍座椅放在右邊，專門給他坐。」

「你確定？他會來坐！」

「跟照片上的一模一樣，我進會場一下就看出他坐在上面了。」

「陰魂不散！」

「講話要小心。」

「哇！嚇到了，失言、失言，不敢、不敢了。你親眼看到的，是嗎？」

「不只是我看到，好多人都看到，現場有上百位宮廟的主持人、總幹事。」

「局長怎麼了？中風了是嗎？」

「不是中風，應該是下巴掉下來，口水一直流，話講不出來。」

「真恐怖，現場沒有人阻止嗎？」

「起乩的有兩個，一個三太子，一個蘇王爺，在那邊胡言亂語，腳來手來，沒辦法控制，還有人把桌椅踢倒。」

「這麼亂，不是很奇怪？」

「跟我去的樂天宮阿棟伯說，很少看到這麼亂的，不過以前也有。」

「阿棟伯，樂天宮的。」

「對，就是他。」

「以前也有是什麼意思？」

「反正對宮廟不禮貌，逼人家做什麼不樂意的事，個人或家裡就會出事，現場出事的也好幾件。」

「這麼恐怖。好吧，既然訪問了，就寫了吧。」

「這個稿子還給他們的總幹事看過，修了好多遍才通過。」

「我本來想的很單純，就是搞一些寺廟的趣味，沒想到那麼多狀況，辛苦你了。花兄弟，要不要去什麼廟裡求平安符，以免被什麼纏到、煞到。」

「不會、不會，我沒有在怕這個的。很好玩啊，我也是裡面的人啦，哈哈哈，我也有王爺保護。」

「裡面的人？嗯，了解、了解，那就等你的稿子喔。」

「好啦，應該沒問題。看多了，自己都想當神尊了，真的。」

「你的意思是要經營宮廟，是嗎？」

「嘿嘿嘿，當然不是。」

「兄弟，保重！別投入太深，中了邪，我們可幫不了忙。」

「你幫我蓋廟好了，廟經營得好，很賺，比你搞傳播公司好賺得多。」

「好了、好了，兄弟，保重！」

「我當活佛，你當護法大弟子。」

「好了、好了，保重！」

花麒麟打開企劃書，後面要去採訪的有金福宮的侯王爺事件，還有七彩媽祖、腹中神、背後神。侯王爺以嚴厲出名，所以信徒不多。金福宮原本就有三尊王爺，怎麼會想再迎一尊侯王爺？媽祖不就是全身金碧輝煌，掛滿各種佩飾、珠寶的樣子，怎麼會有七彩的出現？這兩個廟看起來很有故事。

42 侯王爺事件簿

金福宮的宮主陳乾坤，傳說是被人養小鬼、下詛咒害死的。知道內情的人都不敢說話，因爲害他的人就是在宮內帶家將的李金雄。

李金雄養的鬼來自泰國，非常厲害，很陰險。被它下降頭的、施法的，大部分都家破人亡。

宮主陳乾坤之前被診斷出食物中毒，傷到腦部，高燒不退，神智不清，常常大鬧。這病發作起來力大無窮，到處破壞，要綁在床上才能安靜。

金福宮奉祀的三個王爺，近年來要靠李金雄的家將撐場面，所以當李金雄做這樣的事時，池王爺、蕭王爺、李王爺都端坐在神龕上，沒有出聲；泰國鬼在宮內進進出出也沒有阻擋。據說王爺身邊的天兵、天將已暫時回歸天庭，不來這邊聽候差遣。陳乾坤死後，金福宮變得很亂，扮八家將的少年，不好好練功、走陣勢，每天在宮內聊天、喝酒、打麻將。

直到有一天，蕭王爺託夢給宮裡的乩身，說要找一位侯王爺來進駐，加添神力，端正規矩。爲什麼找罕見的侯王爺?因爲聽說祂最有威嚴，手段嚴厲，人鬼神都怕，因此台灣很少有宮廟供奉這個神明。蕭王爺降神三次，不斷催促宮裡辦這件事。新選出的主委和宮廟裡的人只好聚攏大家，一起擲筊，在神明前問了很多次，每次都同意，證明確實是蕭王爺的旨意。眾目睽睽之下擲出的筊，沒有辦法抵賴，連最反對的李金雄親自擲出的也是聖筊。

大家選了一個日子迎接王爺安座，這尊新王爺是從有三百年歷史的台南天海宮分靈過來的。據說侯王爺本尊先前也有接到訊息，已經有所準備。之後收到正式邀請，便慎重進行分靈、坐駕等儀式，要去降妖除魔。

入宮當天，執事眾人身穿青袍，神態敬謹，列隊恭迎。原先的三位王爺靈身也出來相迎，行禮如儀。眾人看到天海宮座下兵將跟著進來，前呼後擁，喊聲不斷，陣勢很是驚人。面容嚴肅的侯王爺，一路有鼓樂吹打，號角鳴叫，殺氣騰騰，不同凡響。金福宮原先的家將，因爲賭氣，也因爲太久沒有操練，當天只是垂著手、雙手抱胸，在旁觀看。侯王爺底下的兵將，氣勢凜凜，動作強勁，讓他們膽戰心驚，不敢直視。

安座圓滿之後數日，侯王爺下令，調遣天兵天將數營人馬，即刻趕走附近的有應公、有應婆、孤魂野鬼、魑魅魍魎。侯王爺要求轄內陰廟裡的魂魄即刻退散。自認是正神的廟、是陽廟的，要驗明正身，連最老的土地公也無法倖免。如若不從，就會被押到宮前，打爛金身，讓祂們魂飛魄散，永不得超生。

一時之間鬼哭神嚎，怨鬼、樹魅、石精、獸靈都待不下去，偃旗息鼓，逃向遠方。連許多流連家中不肯走的亡靈、依附在神主牌的祖靈，也紛紛走避。

憨慢王爺日子更是難過，到處躲藏，害怕被認出身分、來歷，慘遭剿滅。

這是怎麼回事啊？媽祖跟關公聽到訊息，便展開神通觀看。

金福宮的家將們最不能接受侯王爺的霸氣，時常在宮內口出惡言、砸東西、吐檳榔汁。甚至有幾個抓狂發飆，把桌椅都砸壞了。

座上的三位王爺沉默不語，並沒有表示什麼，多次叩問也不回答。

有一次，一個酒醉的家將，衝到侯王爺座前，弄歪了座椅，掃掉供桌上的香爐、燭台，甚至拍掉了王爺頭上的金冠。此事非同小可，就在此時，宮中突然傳出一陣爆響，闖禍的家將剛走到門口便摔倒，雙手當場骨折，趴在地上哀號。

因爲眾鬼神的哀求，媽祖跟關公就來勸侯王爺，放祂們一條生路，不要再這麼嚴厲地追殺。

侯王爺的聲威遠播，短短兩、三個月，四境澄清，氣氛肅殺。金福宮門庭冷落，信徒幾乎不敢上門；附近的各陰廟、墓祠則是叫苦連天。

金福宮一位家將騎重型機車載著一個朋友，在台三線三灣段轉彎時，閃避不及，被迎面而來的大貨車撞死。另外一個雖躲過死劫，卻因傷勢太重，脊椎癱瘓，終身要坐輪椅。

李金雄的家將少了第三個人之後就停擺了。這個人後來不知去向，連原來的家都大門深鎖。說是欠了賭債，被追債不敢回來。

媽祖跟關公多次出面勸說，侯王爺終於放軟，爲顧及金福宮的生計，眾鬼魅、精靈的身家，將雙手扠進袖子中，很多事就睜一隻眼、閉一隻眼，不管了。

得知王爺的態度之後，那些天兵天將也跟那些陰廟的孤魂野鬼改善了關係，說說笑笑，打成一片。

之後，問事有應了，乩身、乩童也有神鬼降身了，人神鬼共在、共通，四處生機蓬勃，信徒也就紛紛回來了。

據說連李金雄養的泰國小鬼也回來了，下降頭的功力更強了，它每天在李金雄空掉的家遊來盪去，等待有心人來祈願，有緣人來迎回供養。

金福宮因爲這次事件，香火確實冷清了許多。而家將連續出事，宮內不清，也讓風評變得很差。於是委員們聚在一起，想著要如何招回信徒，提出的方法有幾個，包括造王爺大神像，請師父組女生家將，建一座王船舉行遶境，迎財神趙公明入座。甚至還有人提出要迎泰國的小鬼來宮，或者請一位做網軍的公司來策畫經營，衆人的意見很多。結果是迎一尊黑面財神趙公明，做一顆三尺長、兩尺高的黃金大元寶的建議，大家認爲最適合。這事確定後，執事者便積極籌辦，開始勸募資金，尋找工匠，一、兩年後，當財神和金元寶入駐、開光後，金福宮勢必將有一番新局面。

43 七彩媽祖

人們都說七彩媽祖廟，不說「慈暉宮」了；或者說那間有「七彩媽祖」的廟。七彩媽祖最近有非常多人討論，臉書、ＩＧ、推特分享、轉貼的非常多，看到消息前去參觀拍照的也很多。「慈暉宮」官方網站的點閱人數、點讚人數，最高一天曾高達三千多人次。怎麼會出現七種顏色的媽祖？大家都很好奇。

其實這間廟原來有五尊媽祖，黑面的、金面的、粉面的、紅面的、白面的。坐在中央主位的是粉面媽祖，高度三尺六。黑面的、金面的在左邊，紅面的、白面的在右邊，四尊都是一尺三。

一般說法是，黑面的表示威嚴，金面的表示莊重，紅面的表示喜氣，白面的是受日本人影響。粉面的最受歡迎，因爲那是媽祖還沒有得道時的面容。憨慢王爺說：媽祖得道昇天時才二十多歲，還算青春，把媽祖塑成胖胖的婦人模樣，比較像媽祖的母親，不像本人。

有一天，位居中央粉面媽祖左邊的黑面、金面媽祖被向左挪動了一些，多放了一尊身高一尺三，金色頭冠，面孔深藍的媽祖。祂披著粉紅色披肩，身穿橙紅色袍子，袍子上還繡了大大小小寶藍底、發出十二道白色太陽光芒的徽章。

不久後，右邊的紅面、白面媽祖也被移動了，增加了一尊身高一尺六，綠臉的媽祖。同樣金頭冠，披淡綠色袍子，衣服上繡了大大小小番薯模樣的圖形。

藍面媽祖和綠面媽祖的出現，讓人嘖嘖稱奇。但是這樣突然增加，有人高興，有人不高興。

後來又出現了七種顏色的小型媽祖，顏色有亮粉、紅、橙、黃、綠、藍、紫羅蘭等。七彩媽祖有六尊，高度看起來都是六寸左右，夾雜排列在七尊媽祖之間。因爲製作得很精巧，嘴角上揚，微微的笑，很討喜，成爲受歡迎的神尊。除了吸引很多人來觀看膜拜之外，慈暉宮也以吉祥物的方式將七彩媽祖的模樣做成公仔、貼紙、護身符、開運筆，在宮內櫃台販售，因爲有到北港祖廟、湄洲原祖廟過火和加持，受到群衆歡迎。不多久，網路上甚至出現很多複製品，以便宜兩成的方式出售。

44 你拜的神是什麼神？

一般人只知道幾個神，像耶穌、釋迦牟尼、觀世音、玄天上帝、媽祖、王爺公、瑤池金母、義民爺、土地公，其他很多神啊鬼的都搞不清楚。通常的反應是只要拜就好，有拜有保庇。還有幾種神中神、背後神、腹中神，知道的就更少了。

像那個舊社鄉番厝里的池府王爺就是這樣，這座宮廟正面是一般常見的池府王爺，背後還藏著另一尊人們眞正在奉祀的神。兩座神尊之間約有兩尺的空隙，用蟠龍木雕屏風隔起，互不影響，兩個側邊也用大花瓶遮起來，所以外人不知道其實拜的是番太祖。這個番太祖紋面，額帶、胸兜、披肩、上衣、綁腿，右手拿番刀，左手拿弓箭，濃眉大眼，還有穿耳洞，掛耳環。

這座宮廟的歲時祭儀和一般池府王爺廟一樣，生日也是農曆六月十八。只是祭品一定有糯米、香菸、檳榔、生肉，主祭者在重要祭典時會唸一段大部分人聽不懂的咒語。

另外一座位在赤崎鎭，名爲松尾觀世音尼庵的寺廟，也有這樣的情形。鎭上的人都知道這間尼姑庵不是普通人出資興建的，來來往往的都是日本時代附近幾個縣市的上層人士，包括日本官員、本地仕紳、醫生、地主、實業家。那個神尊很大，用茶色緬甸玉雕成，高有兩尺六，但是人們不知道大神尊裡面還有一個小神尊，腹內的才是眞正的神。這一尊腹中神，黑色的長髮披向兩邊，臉雪白，面容溫柔，身穿白色長袍，身披瓔珞，背後有著鮮紅色的太陽光芒，是位女身神。了解的人就知道祂是日本的天照大神。國民政府來了以後，原來拜祂的人就雕了一尊大的觀世音，套在祂身上，表面上拜的是觀音，一切儀俗也如同其他寺廟拜觀音的方式，其實善男信女拜的是內藏的天照大神。

尼庵比較不一樣的，是十月會有一個獻稻穗的儀式，這批稻穗由日本空運來台，經由庵裡的人煮熟後，恭敬地奉獻給女神，並稱之爲「神饌」。自日本時代開始，參加的人就是有限制的，並不讓一般信眾參與，能獲邀的也覺得自己身分不同，出席時莫不慎重行事。祭儀通常在半夜舉行，行動很隱諱，且不能向外界透露，所以知道這個腹中神的人不是很多。

45 如何弄倒路燈？

「花麒麟你看起來很累，道心要堅強，要繼續啊。」憨慢王爺用手指點點花麒麟說。

「真的有點累，天天看這些宮廟、墓祠。」

「還有幾個地方要去？」

「還不到一半耶。」

「你知道五福路那個路燈爲什麼會倒下來嗎？那個路燈柱子是鐵做的，外面鍍一層鉼而已。」憨慢王爺說。

「對啊，我有看到，突然就倒下來，好像還砸傷人了。」

「因爲有一隻狗天天對著它撒尿。」

「什麼意思？」

「那隻狗不喜歡這根路燈，但是沒辦法弄倒它，所以天天去撒尿。」

「這樣就可以嗎？狗尿耶。」花麒麟詫異地說。

「狗的尿腐蝕性比海水還強。」

「眞的啊！」花麒麟身體往後仰，讚嘆了一聲。

路燈終於倒了，順便砸到一個走霉運的人，那人傷得不輕。

46 神有用嗎？

媽祖廟門口。

「不要什麼事都要去廟裡拜拜好嗎？」兒子說。

「不要亂講話，你要去考試了，這麼難考，你如果考上，一輩子就在公家機關工作，我們也放心。」媽媽說。

「考得上考不上，跟神沒有關係。」兒子說。

「不要亂說話，神會保佑你。」媽媽說。

「哪裡有？從來沒有保佑過我！」兒子抱怨。

「你阿公胃癌在新竹開刀不成功，靠這個神指引，去找沙鹿的一個醫生才救回來的。上次有一個小孩從樹上掉下來，大家以爲死掉了，結果就是喝下這間廟的符水，才醒過來了，怎麼會沒有？」媽媽說。

「那李金宏叔公兩、三代都爲這間廟出錢、出力，結果大兒子生意失敗上吊自殺，女兒難產死掉，子孫有病，後來他就不肯來廟裡，覺得這個神沒有用。他家這麼虔誠，出這麼多力，然後他說這尊神沒有用，沒有保庇。」兒子反駁。

「那是個人的因緣啦。」媽媽說。

「不要凡事都要找神，神也很麻煩啦，一直拜、一直拜，要捐錢，還要還願，有問題自己解決。」兒子說。

「年輕人什麼事都不懂，等你碰到就知道。」媽媽說。

「沒有心，拜也沒用。」兒子說。

「我有感應啦，媽祖每次來我都有感應，眞的很靈，眞的有保庇。」媽媽說。

「心理作用啦，心理作用啦。」兒子說。

「好啦，好啦，你走吧，不要去就不要去，媽媽自己去。」媽媽說。

兒子掉頭離去，媽媽胸口不斷起伏，看著遠去的兒子。

兒子沒有回頭。

47 讀讀解冤咒

「你怎麼看起來身體那麼僵硬，脖子和腰？」憨慢王爺說。

花麒麟一會兒站，一會兒坐，走來走去。

「臉色很差喔。」

「一直很想做什麼，可是又不知道要做什麼。很想衝出去，可是又不知道要去哪裡。心糟糟。」花麒麟眉頭深鎖。

「不會吧，應該想要去那裡。」

「是啊，有想去那個女人那裡。」

「去看牙齒認識的護士？那就去啊。」

「對！可是那個女人很麻煩，六、七年了，已經沒有來往了。」

「那爲什麼？」

「可能發生了事情，她要求加我的LINE。」

「當初你拋棄人家，咳、咳，那時候不是還有太太？」

「就遇到了啊。」

「你有說要離婚，然後跟她在一起。」

「……」

「色不迷人人自迷。」

「好奇怪，味道對了就這樣，連她的汗味、尿味都喜歡。」

「惹到啦，沒有辦法，當初就一直衝、一直衝，人家一直躲、一直躲，你還是要！」憨慢王爺說。

「那時候頭腦亂了，眞的亂，她越躲我越想要，跟她說了太多事，答應太多事了。」

「嘿嘿嘿，因果啊。」憨慢王爺奸奸地笑了。

「剛開始有說好啊，喜歡就在一起，不喜歡了就不聯絡，沒想到……」

「本來說不黏牙，現在牙齒蛀到快掉了。」

「王爺沒有戀愛過嗎？」

「本王爺不管這種事，要去問別的神。」

「王爺也是多情種。」

「咳咳咳，別亂說。」

「人眞的不舒服，坐也坐不住，站也站不好，睡也睡不著，身體硬梆梆的，不知道怎麼回事，頭都轉不動，好像機器人。」

「應該是被人下咒了。她一直在禱告，罵你、怨你，要神處罰你。」憨慢王爺點點頭說。

「眞的嗎？我被下咒了嗎？」

「一看就知道。」

「怎麼辦、怎麼辦？太不舒服了！」

「桌子那裡有一本《解冤咒》，要不要唸唸看。」憨慢王爺說。

「她拜那個是什麼神啊？這麼厲害。」

「基督教的啦，你也知道啊？」

「是啊，她每天都要禱告，每個禮拜都去做禮拜，可是我不知道這種教還會下咒語。」

「不是咒語啦，只是禱告，說錯了。」憨慢王爺笑了笑。

「好厲害啊。」

「嘿嘿嘿，還是要去找她，不是很愛她嗎？」

「是很愛啊，只是不能相處，想法差太多了。她其實也開始討厭我了，我很想念她，可是有太多人喜歡她了。她每隔一陣就會撩一個男人，我只是……嗳！說不清啦。」花麒麟重重嘆口氣。

「《解冤咒》讀讀看吧。」

「想起來了，她好像還用十字架和大蒜對付我。」

「這麼嚴重歐，是發現了什麼？」

「希望她不要再禱告了，不要這樣再逼我了。」

「可憐呦，可憐呦。」憨慢王爺搖搖頭。

48 寧願下棋

花麒麟從小聽說大樹公附近很陰，煞氣重，很多人在那邊中邪，就算功夫很強的師父，有時候也解救不了。大概十歲左右去過一次，那個地方像大腿一樣粗的樹幹四處蔓延，葉子到處亂生，四周環境髒亂，一些奇怪的人坐在那裡，看起來很恐怖。不過那是二十多年前的事了，不知現在怎樣了。

茄冬大樹公已經成神一百多年了，覆蓋的面積很大，方圓有六十公尺左右，由主幹分出的枝幹有四、五根，都很粗大。有兩根需要支架撐著，否則會倒塌。長得茂盛的地方，也需要用鐵絲纏繞，不讓它長錯方向。主幹已經空了一大塊，曾經請樹醫刨掉發霉的地方，噴灑藥物、殺菌，希望不要繼續腐蝕。

花麒麟看到幾個人坐在那裡聊天，還有一位臉孔白皙、表情焦躁，手上拿著棋盤，背上揹著背包的男子站在旁邊。

「有沒有人要下棋?拜託來下一盤好嗎?」拿著棋盤的男子對坐著的眾人說。

「沒有空、沒有空。」斜戴著帽子，皮膚黝黑的男子說。

「拜託，拜託下一盤棋好嗎？」

「你忘了要去投胎了吧!?天天找鬼下棋。」這男子不耐煩地用手背揮趕他。

「拜託，下一盤棋好嗎？」

「喂！那個過來一下。」一個光頭的壯漢說。

「下圍棋，太麻煩了，下象棋好不好。」另一個坐在他旁邊的老頭說。

「好啊、好啊，都可以，來來來。」臉孔白皙的男子眉開眼笑地說。

「你太厲害了，兩個人跟你下好不好！輸也兩倍，贏也兩倍。」光頭的壯漢說。

「好好好，沒問題！來來來。」

這男子擺好棋盤，卸下背包，表情嚴肅起來。

「我們兩個不夠啦，他曾經一個人跟六個人下過，五勝一和。」老頭說。

「眞的有那麼厲害嗎？試試看再說。」光頭的壯漢不以爲然。

「你不信邪喔？好吧，試試看再說。」老頭說。

「喂！人家說你整天要下棋，沒有想去投胎。」另一位中年男子說。

「投胎做什麼？下棋比較好啦，做人有比較好嗎？」臉孔白皙的男子看著中年男子說。

「這樣講也有道理。」老頭說。

「來來，棋盤擺好了，快開始吧。」光頭的壯漢說。

「怎麼算輸贏，七局四勝好不好。」老頭說。

「可以、可以，都可以。來來來，快一點啦，下下下！」

花麒麟離開茄苳大樹公幾步，便停下來做筆記，本來想回頭用手機拍幾張照片，想想又遲疑了，還是不要拍比較好吧。

49 榕樹公倒了

「台灣萬教聯盟」ＦＢ上的網友「魅影赤子」，傳了幾張照片給花麒麟，並寫了一段話：

「福順街榕樹土地公廟的那棵榕樹，倒下來了。」

「那棵樹半年前我就知道會死掉，顏色都變了，樹葉一直掉，跟八、九十歲的老人一樣。」花麒麟回覆。

「有找人來醫啦，還是醫不好，根爛掉沒辦法，什麼禍根病那種。」魅影赤子說。

「那個土地公廟就靠那棵榕樹，一、兩百年了，現在倒掉了，土地公怎麼辦？」花麒麟說。

「感覺怪怪的，好像是給人下了詛咒，還是放了毒，把根弄壞掉了。」魅影赤子說。

「沒有人害啦，只是生病而已，傳染病。」花麒麟說。

「其實再種一棵榕樹就好了。」魅影赤子說。

「再種的不一定有神。」花麒麟說。

「嗯。」魅影赤子打了一個字。

「那是神樹，樹都倒了。」花麒麟說。

「有人說這個莊頭會有事。」魅影赤子說。

「……」遲疑了一下，打了幾個字，刪了，再打。「神走掉了，樹才會倒啦。」花麒麟說。

「那個土地公廟算很清啦，沒有人敢在那邊喝酒起酒瘋。下棋有，不敢賭博，最重要是不敢隨地大小便。」魅影赤子說。

「眞的，那裡很多人去，泡茶的很多，便所也很乾淨。咦？隨地大小便？誰敢？」花麒麟說。

「不是說現在，以前啦，二、三十年以前，那時候的人沒有那麼衛生，會到處大小便，但是去到那裡也不敢。」魅影赤子說。

「這樣歐，那時就不敢？」

「這個土地公會捏人羼脬，你知道嗎？」魅影赤子說。

「眞的假的？」

「很多人被捏過，捏到不敢叫，又紅又腫，捏住不放歐。」魅影赤子說。

「眞的假的？」

「黑青掉。」魅影赤子說。

「不知道能不能訪問到被捏過的人？」花麒麟說。

「……」這時換魅影赤子遲疑了，打了幾個字，刪了，再打，最後沒有成字，只按了個藍底白色的大拇指「讚」。

「山腳里不是有個樟樹土地廟？」花麒麟滑到手機相簿，抓出幾張照片，貼上。

魅影赤子很快按了「讚」。

「這棵樟樹也快倒了，感覺也是生病了，還好有一棵年輕的楓樹把它撐起來。可是樟樹已經壓到土地公廟上，兩塊石板快裂了。」花麒麟說。

「那棵樟樹看起來也有兩、三百年了歐，那棵楓樹撐得也很辛苦。一棵要長大，一棵快死了，看起來很有壓力。」魅影赤子說。

忽然有一個人上來留言，是「陳融金」，這人對神鬼的事一直很熱心。他說：

「樟樹土地廟現在很少人去，陰陰的，草、竹子長得很長，蚊蟲、蛇很多。聽說有很多人在那裡上吊，才把那棵樟樹拉彎下來。」

「難怪。」魅影赤子說。

「沒有啦，吊死人的那一根有被鋸掉了。」花麒麟說。

「鋸掉不一定有用，吊死的那個還在底下等。」陳融金說。

「男的女的？」魅影赤子說。

「男的女的都有。」陳融金說。

「你這麼敢講，敢不敢去那邊跟土地公說？」魅影赤子說。

「要說什麼？」陳融金說。

「說廟要倒了。」魅影赤子說。

「神界有神界的打算，不能干預。」陳融金說。

「這樣講有道理。」花麒麟說。

「確實，管了會有事。」魅影赤子說。

「看就好，拜就好。」陳融金說。

50 佈疫使者

花麒麟躺在床上半睡半醒之間，作了一個夢，他知道那是夢，但醒不過來，只好讓夢的情節繼續發展下去。

一群臉色慘白的男女老少，穿著麻灰色衣褲，手上提著黑色棉布燈籠，走在街上。黑燈籠上有一個大大的白色「疫」字，燈籠裡面映出昏黃的燭火。

祂們輕易地穿過人身，飄飄然地上下，自由進出各處，隨意在街上走來走去。人群越多的地方祂們越愛去：車站、車廂、早市、大賣場、百貨公司、餐廳、夜市、學校……

有一些貓、狗看到祂們，豎起毛髮，驚恐地怪聲怪氣嚎叫，還有吹起狗螺的。大部分人看不見這群穿梭的人，只是感覺有一點涼風吹過。人們幾乎都戴著口罩，手上、身體、包包上噴著酒精，味道四散。就算這樣，也對這群提著黑燈籠的人影響不大。

祂們慢慢聚集到一間聖王廟前。在此之前，祂們是完全不敢來的，總是遠遠便避開。現在可是毫無忌憚的在廟前聚集，興致勃勃地舉起手來，對著廟裡的神像指指點點。

「以前好怕祂喔！會調蝦兵蟹將修理我們，用鞭炮炸我們，用火燒我們，用刀砍、用劍刺，弄一堆符咒要壓制我們，現在怎麼啦？」

「都變成木頭啦！變成泥塑的，真的是歹銅舊錫，還那麼多人來拜，要祂來趕走我們，有用嗎？不敢啦，連燒王船也不敢了。」

廟裡面的神祇微微閉上眼，守廟的兵將側過身，執事的人紛紛避開，一位矮壯、滿是落腮鬍的乩身，忿忿不平地瞪著這些囂張的使者。

「巡境、遶境都取消了，辦辦看啊？越辦傳染越嚴重。」

「是天意要我們出來的。這世界人太多啦，要清一些。這世間總算輪到我們出來了。」

「雞瘟、豬瘟、牛瘟，還有我們這種人瘟。」

「一死幾十萬。」

「沒辦法啦，擋不住的啦，要是擋得住，我們怎麼會變成鬼呢？」

「沒有我們這種鬼，哪有這種神？」

「打不死啦！就算現在停了，沒幾年我們就會再來。」

「好了啦，到時候那些神醒過來，我們就要被趕走了，被打得魂飛魄散。」

「機會難得，像我們這種人人討厭的，總是有機會出頭天了。」

「以前說那個地方有水井，出聖水，喝了就好，大家趕快去搶。有的會去刮王船的船身木屑，配草藥喝。還有聽說只喝符咒水就可以救起來，很多寺廟、神壇會出藥方。」

「現在沒有人要信這種。」

「打針吃藥沒有用。」

「該我們的就是我們的。」

這群穿麻灰色衣褲的人，在廟前比手畫腳，手中十幾個黑色燈籠，前前後後、左左右右、搖搖晃晃。

忽然那位矮壯、滿臉落腮鬍的乩身從廟裡衝出來。這男人頭上戴著判官帽，手裡拿著一把鯊魚劍，大聲喊叫著衝了出來。

這群人還來不及反應，這男子已經拿劍對準其中一個的右腳，狠狠斬了下去。

「打死祢們這些鬼！打死祢們這些鬼！」

沒想到會突然有這種狀況，來不及反應的那個，右腳被砍到了，整個身體趴到了地上。

黑色燈籠也掉在地上滅了，還有燈籠竟然著起火來。

「哇！趕快跑！趕快跑！」

被打倒在地上的，很快就化成一灘黑水滲入地下，消失了蹤影。

「這傢伙知道我們的腳最怕被打喔！」

「右腳，右腳不要被他砍到！」

這群男女一面大喊，一面驚惶地往天空、往四處逃竄。

這矮壯的人揮著那把鯊魚劍，踉踉蹌蹌地往前追打。

「殺得掉一個，殺不了我們全部。」

「等著瞧，等著瞧。」

狗激動地叫著，不知所以的人群也四散地逃，害怕被這個有點瘋瘋癲癲的男子打到、砍到。

51 娘娘KTV

「台灣萬教聯盟」FB上署名「魅影赤子」的網友，私訊了幾張照片給花麒麟。是「娘娘KTV」供奉的一尊女性神像。他拍了神像的正面、側面、背面、底座，總共十幾張，然後寫了一段話：

「你覺得是九天玄女還是王母娘娘？」

「上次有跟你說，應該是昭君娘娘。」花麒麟回覆。

「眞的嗎？」

「我覺得就是。對了，你女朋友銀貞眞夠勁，吃人蔘的，喝酒千杯不醉，跳舞跳整晚。」

「謝謝捧場，疫情，客人少很多。」

「韓國不是比較好。」

「哪有好？她那邊的店被指定檢查，客人不敢來，流氓還要錢，台灣比較好一點。」

「怎麼會來台灣？」

「以前年輕時就有在台北的飯店做過，做一段時間就回去，想來就來。」

「了解，她也很勇敢，頂了娘娘ＫＴＶ當老闆娘，那麼偏僻，又是河堤，又是公墓區。不過消費低，小姐又敢玩。」

「很便宜啦，之前的越南女老闆賺到錢，回去買車、蓋房子。」

「生意不錯，這麼熱鬧。本來要仔細看神像的，坐下去就被灌酒，沒十分鐘就茫掉了。」

「你很會鬧酒耶，那天有夠嗨。」

「很久沒有喝啦，喝了半打啤酒有歐。阮小鳳很厲害，身體好香，聲音又好聽。」

「她也很想念你啊，再去找她啊。」

「有留LINE。」

「銀貞覺得這個神像怪怪的。土地公、財神她都可以，就這尊感覺不合，會作惡夢，要我幫忙解決。」

「之前是誰安的？這尊確實很少見。」

「娘娘ＫＴＶ換了五、六個老闆，不知道了。」

「昭君娘娘全台灣只有幾尊。我查了好多圖鑑，台灣沒有，大陸那邊的才有，等下我傳給你。」

「銀貞說祂會走到床邊，用雙手壓她的胸口，害她喘不過氣來；還會坐在她的腿上，第二天腳麻到不能走路。」

「這麼嚴重！沒有找通玄師給祂壓一壓，畫兩張符。」

「有啊，作了法，畫了十幾張符，大門、包廂、床鋪，連廁所也貼了，沒有比較好。反而沖到裡面的小姐靜香，讓她中邪，胡言亂語了好幾天。後來通玄師竟然說銀貞太胖了，膽固醇太高，心臟有病。」

「眞雨光，自己做這途的。」

「就是說！高血壓、心臟病吃藥就會好，何必麻煩他。」

「不通師！」

「還是請出去化掉好了，你覺得呢？」

「我覺得是有高手要娘娘ＫＴＶ拜這尊的。」

「高手？拜這尊？如果是昭君娘娘，手上應該拿一個笏，或者拿一個奏板，很奇怪啊，不對呀，要跟誰稟報，皇帝歐？」

「應該是抱琵琶，當初這個雕刻師傅不知道怎麼想的。媽祖才拿笏，這尊絕對不是媽祖。九天玄女一手拿寶瓶，一手拿如意；王母娘娘手上拿著龍頭拐杖和蟠桃，所以這三個都不是。說實在的，以前很多雕刻師傅怎麼教徒弟就怎麼做，沒有考證，不過有時也有他們的機巧在裡面。」

「亂湊的。」

「昭君娘娘出塞和番，是歷史有名的故事。娘娘KTV裡，老闆和小姐都是外籍的，對不對？」

「大部分啦，也有本地的，哈哈！我知道了，我們都是番對不對，意思是這樣，對不對!?」

「對！應該是這樣。在她們眼裡，我們是番邦，她們不得已才來這裡，既然來了，以和爲貴，賺錢第一。」

「好像有點道理。」

「我跟你講，那天進去，我不是先去拜了放在財位的那三尊？」

「對啊。」

「昭君娘娘有跟我自報名姓，所以心裡有底。」

「這樣啊？我知道你是憨慢王爺的契子，有靈感。」

「昭君娘娘沒有封神，雙手拿笏不合體統。」

「可能是要增加神威，學媽祖那樣，是不是？」

「可能是。」花麒麟很想說憨慢王爺的來路也是不清不楚，但還是忍住了。

「如果是這樣，這尊很有意思。」

「會安這尊一定有原因。」

「越想越有道理。」

「對了，那個靜香年紀好像很大了。」

「靜香歐，不知道耶，我們沒有問。自己來的小姐，我們很少問過去的事。聽說五、六十歲，看起來三十多歲，你的意思是這樣嗎？」

「有可能歐。」

「眞的嗎？五、六十歲應該去阿公店。」

「她說她等了二十年，終於在這裡看到我。」花麒麟心情有點激動。

「哇，好厲害的話術。」

「她說是她跟上帝求的，躲在一個地方，不跟塵世男子有任何瓜葛，就這樣待了二十年，直到時間到了才出來，爲的是要跟我了結一段塵緣。」

「太強了，我要去找她問問。」

「憨慢王爺說眞的有這種人。這種人在世間到處走動，有的已經兩、三百歲了，但外表看起來還很年輕。」

「太玄奇了，難怪會中邪，符咒才會煞到她。」

「在公墓邊的娘娘KTV，不是簡單的地方。跟銀貞說這是昭君娘娘，是好神啦，叫她別擔心，會保佑她們的。」

「不要擔心，她們是正正當當做生意的。」

「這兩年我的流年很虛，官司、破財、血光，不能近女色，還要忍耐。」

「會、會，會講給她聽，心安了就好。要來找阮小鳳嗎？還是靜香？」

「嗯。」

「靜香會不會眞的是……」

「不會啦，眞的有狀況，就去找通玄師，去公墓找她的金斗甕還是骨灰罈就好，處理一下就好。」

「憨慢王爺呢？」

「這個祂不會啦，只會變一點小魔術。」

「眞的嗎？很有名耶。」

「很多有名的人，教授啊，官員啊，都是空包彈，外表好看，嘴會說而已。」

「嘿嘿嘿，要是靜香講的是眞的呢？眞的等你二十年了？」

「神經病！」

「這一行的女人有的很眞心，痴情得不得了，你很帥啊。」

「神經病！」

花麒麟點了一下，瞬間離開這個頁面。

52 孩子跟著你

要不要來這間主祀「嬰靈」的宮廟，花麒麟心中掙扎了很久，預定採訪日期改了又改，最後還是硬著頭皮來到這裡。

「你也來了。來，名字寫一下，孩子有名字了嗎？」坐在進門櫃台旁的中年婦人招呼他說。

花麒麟愣了一下。

「來，我們這裡有一張報名表，你先塡一塡。」

「這樣喔……」

花麒麟低頭看了看婦人遞過來的紙，上面是供養辦法和報名表。心裡想剛才她說「你也來了」，這句話是什麼意思？上次去九鼎宮，一位廟公看到他竟然說：「你終於來了！」害他心中一驚，一時間搞不清楚廟公是什麼意思。

因爲擔心對方不讓他進去，花麒麟想了一下，在紙上寫了花聖凱、花無瑕兩個名字。

「兩個喔，你看看上面，有寫入住安置的辦法，看要哪個方位，第幾層，時間準備多久，上面寫得很清楚。」婦人指著報名表說。

「了解，謝謝，我來讀一下。」

「這裡給孩子的靈魂安置、超渡都是最好的，你等等參觀一下就知道，我們最少春秋兩季會做法會，對孩子很好，對父母也很好。」

「這樣喔，一次超渡淨化這種方式的，總共要辦七次歐？」

「是啊，墮胎是重罪，七次如果沒有眞心懺悔，因果報應還是會找到你，以後想生也生不出來，絕子絕孫。眞的，應驗很多次了。」

「供養三年的，一年之間超渡兩次；還有永久進駐的。一次、三年、永久這三種要付的錢差很多齣。」

「永久的比較好啦，嬰靈在這裡聽佛經，聽久了，自己會去輪迴，父母的家庭也會有迴向，有福報。」

「了解了，我去裡面看一看。」

「這些都是業障啦，要消除啦。眞的，人生才會順利，才不會有罣礙。」

花麒麟抿著嘴，點點頭。

「男生自己來的很少，都是女生，可見你是有心的男人。」婦人用溫柔的聲音說。

「眞的歐。」

「以前來的是趁食查某，現在來的是大學女學生。」婦人的臉色瞬間變得嚴肅。

花麒麟點點頭，離開櫃台，拿著那張紙走進廟裡。

迎面而來的素色牆上有幾尊神像，釋迦牟尼、玄天上帝、觀世音、媽祖、哪吒、關公……還有一些不知名的神祇。左右兩排的供養區，三層架子上，層層疊疊有幾百尊嬰兒的石頭雕像、牌位，牌位上大多寫小名、暱稱。底下的供桌上堆著各式各樣的玩具，有米老鼠、小熊維尼、芭比娃娃、飛機、火車、電動玩具……還有奶瓶、奶嘴、餅乾、糖果。

恍惚間花麒麟感覺身後有人跟著，回過頭去，是一個大約四歲和一個三歲的孩子，兩個孩子發出嘰嘰呱呱的聲音，看著眼前的玩具和食物，臉上充滿幸福的笑意。花麒麟定了定神，仔細看了看，男孩竟然長得很像自己，皮膚白，頭髮有點黃紅；女孩長得像巫婉麗，額頭窄，眉頭低，櫻桃嘴。

花麒麟轉頭往前走，兩人還趕上來，一度想牽他的手。

當初巫婉麗堅決要拿掉孩子時，他還覺得很高興，隨口說了不少笑話，之後買了一個Gucci粉紅色包包安慰她。

「誰要小孩啊？什麼時代，現在哪個女生沒夾過娃娃啊？」

忘了這句話是她還是自己說的。

第一次要怪花麒麟，第二次則是巫婉麗的責任比較大。反正都拿掉了，離婚時也沒什麼好牽掛的。

巫婉麗跟很多朋友說：還好當時拿掉了，免得要跟他這個爛人繼續聯絡，眞是受不了。要是跟這個人生了孩子，那就太可怕了。她的ＩＧ上也ＰＯ了很多類似的話。

空氣不好嗎？花麒麟打了一個呵欠，覺得胸口悶悶的，恍恍惚惚，神智不太清楚。

突然眼前一亮，憨慢王爺神尊出現，開口對他說：

「這是個爛廟，不要理它。日本人喜歡亂搞，所以嬰靈特別多。我們這邊的說法是小孩不肯來投胎，是對不起父母。墮胎是害媽媽生病、危害媽媽的生命，這是很不孝的事。」

花麒麟面無表情地看著浮在半空中的王爺。

「有的出生幾個月夭折，或是流產害母親送掉半條命，爲父母帶來這麼多麻煩，然後自己就走了，簡直太不孝了！就算父母不要你，你也要乖乖聽命，還沒有到你投胎的時候。」

花麒麟不知道怎麼回答。

「喂！」憨慢王爺喊了一聲。

「眞的啊，王爺，這樣說有安慰到我。」花麒麟吞了吞口水說。

「父母之命比天大。」

「我怎麼會突然幫他們取名字啊？」

「趕快忘掉！」

「怎麼會取這兩個名字啊？」

「名字太重要了，每一個字都重要，才會有那麼多人要改名。」

「真的。」

「趕快忘掉！」

「叫起來很順。」

「快走！快走！」

「歐……」

花麒麟不知不覺走出這間廟，手中還握著那張皺皺濕濕、寫有供養辦法的紙張。離開時，感覺櫃台後的那位婦人，對著他露出詭異笑容。

回家之後，便常常看到花盛凱與花無瑕在雜草叢生的院子裡玩，兩個孩子跑來跑去，發出嘰嘰呱呱的聲音。土狼狗喘著氣跟著祂們奔跑，兩隻花貓則躲在竹林中睜大眼看著。兩個孩子有時還會停下腳步，跟他招招手，嬌聲地喊：「爸爸來和我們一起玩。」

53 南洋杉與八哥鳥

奇珍市火車站前的公園，有幾位工人正在鋸十幾公尺高的南洋杉，還有一部吊車在旁邊幫忙，用長長的皮帶拉住樹的上端，以免樹突然歪倒下來。

那幾棵南洋杉，其實沒幾年就長得很高大，枝幹伸展得很茂盛。

花麒麟坐在「好好來魷魚羹」店裡，叫了一碗魷魚羹麵。這個魷魚羹店開了三、四十年，魷魚大塊又新鮮，沙茶醬配得剛剛好，口味不會太鹹。

麵店門口有一個紅底白字的長條形招牌，寫著「車頭里七鄰鄰長」。

有位客人一面吃麵一面跟老闆說話：

「以前那個市長有沒有，好大喜功，在公園裡種了一堆有的沒的。那時候說這種樹長得又快、又漂亮、又沒有病蟲害，很快就可以看到，不像以前種松樹，太慢了。」

麵店老闆一手扠在腰上，一手向前比劃著說：

「講到這個，人行道那些黑板樹根伸進土裡，地磚整個被它衝出來，磁磚都裂了。好多人在那邊跌倒，那個樹根鑽得到處都是。」

「最後還是砍掉呀，實在是莫名其妙！」客人說。

「這個市長以前罵神、罵鬼，嘴巴不好，有一次罵齋堂——齋堂你知道嗎？靜慈巷那間——結果現場流鼻血，很大管，一直流，還滴到襯衫上。」老闆用兩根手指戳戳鼻孔，再做個往下拖拉的動作。

「那間是違建啦，計畫道路要通過，抗爭十幾年了。」客人說。

「不能鐵齒，以前他老爸信基督教，沒有信台灣的神，那天齋堂的齋姑抬出一尊白色觀世音，放在路中間。開怪手的有嚇到，不敢動。市長不爽，一直指著佛像罵，嘴角全部白泡。」老闆說。

「不過，講起來涂市長還算不錯啦，有認眞在做事，不像現在這個姓譚的，姿勢了了，做事沒半撇。」

「這幾條路都是涂仔開的，拓寬的啦，眞正有進步，最厲害喔。你看他這麼忙，小孩都很好呢，做律師，做會計師，做眼科醫師。一般做政治的孩子都不好，算是報應。」老闆說。

「伊某好啦，對人好客氣，不愛出風頭，孩子教得很好。」客人說。

「涂市長不是買票嗎？還不是買票才當選的，也是靠派系才當選的啊，不是被人家告到去坐牢？」花麒麟搭話說。

客人側過頭，瞄了他一眼。

「買票一定是要買的啦！圖利廠商是一定要圖利的啦——不然誰要跟你走，市政要怎樣推動，對麼？我這樣講敢有錯？」老闆說。

「買票不好，派系不好啦。」花麒麟說。

「派系是一定要的啦，什麼黨、什麼黨也是派系啊！也是幫派啊！沒有人，沒有錢要怎麼選，你們這種1458網軍！也是黨派養的，政府養的。」客人突然怒聲地說。

「我不夠格，頭腦沒那麼好。要是可以，我很想。」花麒麟笑笑說。

「坐牢就坐牢啊，有什麼了不起，一堆人都坐過牢還是做大官啊！搞政治就像當妓女一樣！你知道嗎？怕髒就不要下來了。」老闆有點激動。

「老闆內行，一日爲妓，終身爲妓！你沒聽過嗎？習慣搞，沒有搞不習慣，那麼多政治人物八、九十歲了還在搞，有沒有。」客人的聲音也變大起來。

「妓女是出賣自己的身體，政客專門出賣別人，妓女比較高貴啦。」花麒麟拍著桌子，狂聲大笑地說。

「我們是小魚啦，他們吃剩下的給我們一點，日子比較好過。」老闆說。

「老闆是小魚，我就是小蝦，蝦兵蟹將剛好一擔。」客人聲音平緩了一點。

「哈哈哈！」老闆也笑了起來。

「你有注意到嗎？」客人說。

「你是又看到什麼？」老闆說。

「八哥啦！台灣的八哥現在到處都是，這種鳥很恐怖。」客人說。

「呱呱叫，嘴巴又尖、牙齒又厲害，跳來跳去，到處都是。」花麒麟很同意地說。

「很多麻雀啊，燕子、白頭翁，搶不過牠們，吃不飽，很慘，死很多。」客人說。

「叫聲很難聽耶，又很會學其他的鳥叫，這個就厲害了。」花麒麟說。

「喔，講到這個我就生氣，有隻鳥會學我們家電鈴的聲音啦，啾啾啾啾啾的那一種。」客人說。

「對對對。」花麒麟連忙點頭。

「沒事在我們家附近一直叫，啾啾啾啾，害我以爲是郵差來按門鈴，跑得要死，打開門結果不是，郵差根本沒有來按門鈴。」客人說。

「哈哈哈，有這種事。」老闆大聲笑道。

花麒麟也覺得眞好笑。

「後來郵差眞的來按門鈴，我人在家裡但沒注意到，結果一封很重要、很緊急的信沒收到，還跑去郵局領，眞可惡。現在疫情這麼嚴重，冒生命危險耶！」客人說。

「聽說現在有人專門在打這種鳥，用大的ＢＢ彈。那些在山坡地種水梨、芭樂、楊桃的，溫室種葡萄、草莓的喔，這種鳥會鑽進去，這顆吃兩口，那顆啄一啄就不吃了，結果被吃的都爛掉了，損失幾千萬。」花麒麟舉起兩隻手，做起了扛槍、瞄準、扣扳機的動作。

「沒處理眞的不行。」客人說。

「不要講得這麼簡單，現在這個情形，公所什麼都不敢做，怕被人家告。這個不敢辦那個不敢做，有人抗爭就投降，天天躲在辦公室辦公，不知道辦什麼東西。」老闆說。

「鳥也不敢處理！」客人忿忿地說。

「打打看，什麼動物保護協會嘍，什麼愛地球學會嘍，又什麼愛鄉協會嘍，一堆會出來罵你，做什麼截圖搞你！到監察院投訴你。」老闆說。

「眞的齁。」客人說。

「現在公家機關、公所、學校啦、戶政啦、清潔隊啦，每天都在處理投訴，每天要寫報告。好幾個朋友跟我說，寫到吐血。沒辦法，政府鼓勵投訴，民眾沒事就投訴，有的沒的一大堆。」老闆又說得很激動。

「最怕碰到強迫症的。」花麒麟說。

「什麼強迫症？」客人說。

「神經病啦。」老闆說。

「天天寫黑函。」花麒麟說。

「那個南洋杉長這麼大，到時候颱風來，人和車子都危險，公所說沒錢，里長和代表兩個人出錢雇人砍的。你看，那台吊車就是代表的。」客人說。

「市長要挨罵了。」花麒麟說。

「選到就選到了，罵也沒用，還有兩年半。」老闆說。
「齁！一天都受不了。」客人說。
「沒出大事情，你也沒辦法。」老闆說。
「就是這樣，有時候眞的想開砂石車給它撞進去。」客人的臉脹紅了。
「你是咧著猴是無？講講就好。」老闆雙手扠在腰際，大聲說。
「對啦、對啦，講講就好。」花麒麟說。

54 樂天宮要拆掉

「都市計畫變更通過了齁，今天是要談什麼。」阿棟伯說。
「有人跟我打聽你那邊的樂天宮要怎麼解決？要我問你的意思。」戴著黑色圓框眼鏡的黃代書說。
「土地不是阿棟伯的。」花麒麟說。
「是啊，沒有完成，所以還是地主小兒子的，那個簡又發的。」跟黃代書一起來的柯鎮東說。穿著韓版陸軍圓領綠T、牛仔褲的柯鎮東，笑咪咪的，看起來很和善。
「柯總，你穿這樣好像天天上電視的烏克蘭總統澤倫斯基歐。」花麒麟說。

「沒有啦，流行，流行，現在流行啦。」柯鎮東笑笑說。

「要來問的是地主還是建商？」阿棟伯臉色凝重地開口問。

「兩個都有，這邊的路要拓寬，樂天宮應該會被拆掉，你們花家那邊也會。」黃代書說。

「還兩、三年的事。」花麒麟說。

憨慢王爺抿著嘴，表情嚴肅，很認眞在聽。

其實花麒麟對王爺有點失望，跟祂說像彭仙禪那樣弄了個鏡照宮，造了那些莫名其妙的神，竟然就可以成爲大廟，樂天宮爲什麼不行？阿棟伯老了，沒有大志，如果花麒麟自己來弄，說不定可以做起來。王爺一直閃避這個問題，甚至不太跟他溝通，很多次都不現身。

「說得也是，這麼急。」阿棟伯說。

土狼狗在附近用凶狠的眼神盯著這兩人看。

「我這個宮也蓋了三、四十年，代書你看怎樣比較好。」阿棟伯說。

「一個是你跟簡又發買土地，到時候的補償是照公定價格加四成。」黃代書的語氣很權威。

「我哪裡有這些錢。」

「不然你就跟簡先生要一筆遷移費好了，看看他願不願意。」柯鎮東比畫著手腳說。

「這樣歐。」阿棟伯應了聲。

「簡仔願意嗎？他要出多少？這個少年對阿棟伯不尊重，聽說有在吃毒。」花麒麟說。

「地主的少爺啦，開一台一千萬的法拉利，四處鑽。」柯鎮東說。

「看看你要開價多少？」黃代書說。

「最少也要五百萬。」阿棟伯說。

「五百萬？」柯鎮東狠狠地拍了大腿。

花麒麟也嚇了一跳，怎麼這麼多啊。

「照公定價格加四成，補償費也沒有五十萬。」黃代書說。

「五百萬差一塊錢也不行！」阿棟伯說。

「其實你是占人家的土地，又沒有付人家租金，說起來在法律上你站不住腳，打起官司來，阿棟伯你的輪面很大。」黃代書語氣平靜地說。

「最好別走法院，大家麻煩。真的，要找律師，要出庭，拖很久。」柯鎮東很誠懇地說。

「沒關係啦，不肯就算了，我是不會走的，要強迫我走就死給你們看！我阿棟伯是看過世面的，不要想騙我。拆廟沒有，錢沒有來，命一條！」阿棟伯大聲地說。

「阿棟伯慢慢講，你的臉都紅了，又一直喘氣。」花麒麟說。

「身體要好才享受得到。」黃代書說。

「你在說什麼？」阿棟伯說。

「憨慢王爺不知道願不願意走，要去哪裡？」花麒麟說。

「擲筊跟祂問，一次不肯，兩次、三次。」柯鎮東說。

憨慢王爺皺起了眉頭，好像要發脾氣的樣子。

「你是很看不起我們王爺嗎？」花麒麟說。

「沒有、沒有，不是這個意思。」柯鎮東急著說。

「你去跟他講，條件就這樣。」阿棟伯說。

土狼狗站起來，帶著怒氣地走近這兩人。

「Rocky、Rocky。」花麒麟喊牠。

「你這隻狗沒綁起來，這麼大隻，很危險，會不會咬人。」黃代書的肩膀歪向一邊說。

土狼狗坐到花麒麟腳邊，張嘴伸出舌頭、喘氣，眼睛還是盯著兩人。

「當然會，不然養牠要幹什麼！我叫牠咬誰就咬誰。」阿棟伯說。

「你這樣會被告。」柯鎮東舉起右手食指，點著土狼狗。

「要告就來告，反正我這麼老了，要是把我氣死了，看你們怎麼賠。」阿棟伯說。

「不要這樣啦，事情要圓滿比較好。」柯鎮東口氣放軟。

「好啦，今天就先說到這裡，阿棟伯你再想想，過兩天我再跟你打電話。」黃代書說。

「你跟那個姓簡的講，條件就這樣子，不答應就不要來談。」阿棟伯臉色由紅轉成蒼白，眼眶下有點發黑。

「事情要圓滿比較好啦。」柯鎮東說。

「我那個王爺很厲害，誰要趕祂走，王爺會出招，不要怪我沒有事先警告你。」阿棟伯說。

「眞的是這樣。」花麒麟附和著說。

「有一個市民代表提案要拆，就姓周的那個啊，結果騎摩托車跌倒，手摔斷，腳也骨折，以後就沒人敢說。」阿棟伯說話聲小了很多，上氣不接下氣。

「是啦，我有聽說有個派出所主管來這邊查賭博也出事，有警員開槍自殺，讓他被降職，調去山上。」花麒麟說。

黃代書和柯鎮東互相看了看，站起來。

「好啦，阿棟伯你再想一想，過幾天我再打電話給你。」黃代書說。

「代書最懂法律，我們都是爲你打算的，過幾天再講，過幾天再講。」柯鎮東說。

他們倆站了起來。

「你那隻狗那麼大隻，最好綁起來。」黃代書一面往前走，一面回頭說。

55 關公顯神威

「魅影赤子」在台灣萬教聯盟FB上傳了十幾張照片，畫面是鏡照宮的兩尊神，一尊是三蠱帝君之一的文蠱王，另一尊是合和尊者。

文蠱王的臉被劈了，裂成兩半的臉裡面是褐色泥塊。合和尊者的頸部則有很明顯的刀切痕跡，露出淡黃色木紋。兩尊神被丟棄在市場入口，身上沾滿髒污。根據魅影赤子的敍述，一大早沒人注意，以爲只是兩個被人家丟掉的玩具垃圾，沒有人去處理，還被人踢來踢去。後來是來打掃的清潔工把祂們撿起來，仔細看了一下，發現是眞的神像，就有點害怕，因此去通報。在鏡照宮人員來到之前，清潔工把祂們放到一個蔬菜攤的桌上，不一會兒就有人來點香拜拜。消息傳出後，魅影赤子趕到現場，拍了這幾張照片。

市場的人們謠傳，這兩尊神是被關帝廟的關公斬首的。昨天半夜，有人聽到打鬥聲和慘叫聲，甚至還有爆炸聲，令人心驚膽跳。

兩尊神像臉上和脖子的刀痕，非常乾淨俐落，推測用刀者力氣非常大，刀也夠鋒利，才能砍到這樣的程度。

PO文的魅影赤子說不久後警車也來了，現場人越聚越多，還有人下跪，也有人現場起乩，大聲喊叫，揮舞鯊魚劍。後來鏡照宮的人趕到，用紅布條把兩尊神蓋起來，唸了一些咒語，做了法事，迎回去了。

「靈界恩怨還是人爲破壞？」花麒麟問。

「你覺得呢？」憨慢王爺反問。

「人爲破壞！靈界做不了這樣現實的事，太具體了，鏡照宮本來就不單純。」花麒麟說。

「那可不一定。」憨慢王爺說。

「說得也是，有這樣的例子。」花麒麟說。

「還有更慘的。」憨慢王爺說。

「爲什麼只殺這兩尊？」花麒麟問。

「去查查看吧。」憨慢王爺說。

「關公眞的那麼正直嗎？」花麒麟問。

「不可亂說，去查查看吧。」憨慢王爺說。

「正直就可以殺人嗎？」花麒麟問。

憨慢王爺盯著他看，沒回答。

「嗯，要去嗎？好吧。」花麒麟有點遲疑。

花麒麟騎車來到奇珍市聖宮里的關帝廟，這間廟很久以前來過，但幾乎已忘記裡面的樣子。母親自小就告訴他別接近這間廟，說煞氣很重，八字太輕的或體質不好的不能靠近。不過叔公花刑警家的客廳裡，就擺了一座褐黃色、殺氣騰騰的提刀關公像，據說那尊很靈驗，幫忙破了很多凶殺案，一般怨魂惡鬼不敢靠近。

一進廟就看到非常多尊神像，大大小小、高高低低，擺得到處都是，一眼看過去至少有一、兩百尊。

來參拜的人很多，來來去去，到處香煙裊裊，有人跪在拜墊上，雙手合十，唸唸有詞。有人在認眞擲筊，木筊掉落的聲音，劈啪作響。

廟有部分改建過，很多地方是新的，連正殿主神神像看起來也很新。主神底下神龕、供桌上還供奉著幾十尊形貌相似的關公像。

不過屋頂好像還沒整修好，幾根水泥樑柱有點裂縫，上面的圖畫有漏水痕跡，雖然有用幾支鐵架撐著，還是會有水滲下來。是這個緣故吧，廟裡很多地方都立著牌子，希望信徒們能夠捐獻，以便修補屋頂和樑柱。

正殿右側有一座十幾尺高的緬甸白玉關公坐像，看起來威武中帶著溫潤、和善，這座大型關公像前有一個玻璃櫃，裡面放著一尊一尺多的金色關公像。這尊關公身上披著兩條紅彩帶，一條彩帶上用黃字寫著「山西祖廟分靈」，另一條寫「奇珍市關廟敬奉」，胸前還懸著幾塊亮澄澄的金牌。正殿左側還有一尊六尺多的提刀捋鬚黑曜石立姿關公像，石頭是黑糊糊的，要靠得很近才看得清楚威武的面孔。其他還有用翡翠、樟木、泥塑的關公，這些神尊身上披著五顏六色的披肩、袍子，看得人眼花撩亂。

這些日子花麒麟看過很多宮廟，三太子的宮廟裡堆滿了各式各樣、大大小小的三太子，媽祖廟裡堆滿了各式各樣、大大小小的媽祖，王爺廟裡堆滿了各式各樣、大大小小的王爺。同樣一個神，宮廟裡的分身卻多得不得了。祂們的外貌爭奇鬥艷，變化多端——粗俗、精緻、笨拙、輕巧、輕浮、莊嚴，各有不同。花麒麟覺得很奇怪，有時候對正殿的主神只有敬畏卻沒有感應，但旁邊放的那些神尊，卻會有一、兩尊特別有靈感，令他看得目不轉睛。

來到這裡，花麒麟覺得有點不安；試了幾次，但都無法在這裡感受到憨慢王爺的訊息。祂大概進不了這個廟吧？門神擋著？還是不敢進來？

這些神尊看起來很威武，造型也很不同，有站著提刀的，刀尖朝下，也有站著立刀的，刀尖朝上；還有把關刀橫在背後的。此外有坐在椅子上的，騎在馬上的，也有是在捧讀《春秋》的。有些神像的丹鳳眼瞇著、半開著，有的則瞪得很大。神像表情威武、嚴肅的，應該是斬妖除魔、鎮宅驅邪的；表情看起來很祥和、富態的，應該是招財進寶的財神。

有位穿青色短袍的婦人，在一尊神像前，瞇著眼，腳踩七星步，嘴中唸唸有詞，手中拿著一根令旗，不時揮動。

這麼多神像，昨天深夜到底是哪一尊神出門斬了鏡照宮那兩尊呢？是誰請去的呢？還是靈界發生了什麼衝突，惹怒了關公，因此祭出了青龍偃月刀。出了這麼大的事，鏡照宮的人不會善罷干休吧？靈界又會有什麼糾葛呢？

關帝廟裡好像不知道有這樣的事，還是故意裝作不知道？幾位在廟裡的人，看起來沒什麼異狀。

花麒麟前前後後走了一陣子，拍了一些照，拿了本關帝廟的簡介，準備要離開了。突然有一位跪在拜墊上的枯瘦男子大叫起來，雙手不斷在空中抓來抓去，喉嚨發出尖銳的叫聲。

幾個人圍了過去，廟裡的執事者也匆匆趕了過去。

那身形枯瘦、面孔黧黑的男子，不斷翻著白眼，看眾人圍過來之後，用手指指著身前一尊三尺多的提刀關公像的刀尖。那刀尖正緩緩滴落鮮紅色的血，血水在刀尖下形成一小灘水池。銀白色的關刀刀刃上有一些污泥的痕跡，但看不出血是從哪裡流出來的。

看到這樣的畫面，花麒麟忽然感覺一陣五雷轟頂，滿眼冒出金星，頭暈目眩，幾乎站不住。瞬間他感覺到廟內大大小小的關公，竟然紛紛用犀利的眼光往他這裡看過來，連瞇著眼的也張大了眼珠瞪過來。

人們議論紛紛。花麒麟勉強站好身體，拿起手機對準刀尖，在幌動中點了幾張。然後，巍巍顫顫地抬起頭，看向屋頂。人群中也有幾個人跟他一樣注視屋頂。不過實在看不出有漏水的跡象。那血仍慢慢地滴著。有人低下頭開始在網路上傳這靈異現象。

花麒麟渾身滲著冷汗，低下頭，拿著手機，踉踉蹌蹌地向門外走去。

一、兩百雙關公的丹鳳眼，像銳利的長矛，一路刺著他。

56 隱禪道場

○月二號了，花麒麟點開「星座紫微」。天秤座。

事業運勢　三顆星：☆☆☆

很多事情擺在眼前，應分清楚事情的輕重緩急，有條理地進行，切勿因爲貪圖個人玩樂而耽誤了工作。

財運運勢　二顆星：☆☆

少出入高級娛樂場所，若只顧著高興去尋求刺激的話，小心荷包一不留神就見底了喔！

愛情運勢　三顆星：☆☆☆

容易因爲一些事引起你對往日戀情的懷念及追悔；單身者可約異性好友出來談談心。

出入高級場所？尋求刺激？目前他只去過河堤下、公墓附近的「娘娘ＫＴＶ」。奇珍市有幾間看起來滿高級的酒店，還有幾家按摩館、三溫暖，但目前還沒打算去。等過一陣子翻身了，再來約幾個好兄弟去。以前會找他去玩的商界朋友，好幾個知道他狀況不好，就退出LINE群組，手機也不接了。

基於好奇或是私心吧，花麒麟把隱禪寺列入採訪名單。絕大部分的寺廟都希望越有名越好，因爲名氣大信徒就多，人氣就旺，財源就豐富，人神兩利。況且台灣寺廟宮觀之間既合作也競爭，各個出盡奇招，招徠信衆，如果有機會被看到，一定會是好事。

剛下捷運，手機就響了起來。因人潮洶湧，行路匆匆，來不及看是誰打來的，花麒麟便接了起來。

「總算接電話了。」

「怎麼了，良鳳，什麼事嗎？」

花麒麟匆匆走到月台樑柱旁，低頭用右手掩住嘴巴。

「小弟啊，你有接到通知嗎？行政執行署新北分署的。」

「沒有啊？什麼時候寄的。」

「我上次不是轉了一筆五十萬給你，你還是沒去繳錢，對不對？這是稅務局移送給行政執行署的。」

「是啊，最近周轉不過來，不好意思。」

「我和花良龍、花良駒被點名要去報到，你眞傷腦筋。」

「嗯。」

「上次法院開庭你也請假，害律師被法官罵。」

「不好意思，不好意思啦，手頭眞的很緊。」

「你最近有去看阿爸嗎？上次他有提到你喔，他好不容易頭腦清醒一點，還有提到你。」

「我的狀況沒有很好，狀況好了再去看他。」

「他的肺有一點感染，腎有積水，不大能走路了，不過這家養老院照顧得還算不錯。」

「阿爸說我是長頸鹿，不是麒麟，脖子拉得長長的，只看遠的地方，腳下的都不管。」

「對你的期望最高，所以給你叫麒麟，你不是普通人。」

「我也有孝順阿爸，買過勞力士手錶、最新iPhone手機送給他。」

「你有孝順大家都知道，只是有時候會出狀況，兄弟姊妹跟著你轉東轉西，有時候眞的受不了。」

「放心啦，以後加倍奉還。」

「只要不再有狀況就好。對了，有空再去看看他老人家，阿爸很希望有人去看，帶他出去走一走。」

「好吧，有空我過去一下。說實在的，我不大喜歡去那個地方，老是看到一些奇奇怪怪的東西。」

「不要那麼神經，我們是去看阿爸，不用管那些。」

「等我運氣旺的時候，陽氣強的時候，一定會去。」

「要不要考慮到農會上班，業務方面的，你很合適。」

「農會？我從來沒想過。」

「有獎金制的，還不錯。」

「做職員？我從來沒想過。」

「積少成多，一步一步來，說不定會做出興趣。」

「行政執行署的麻煩你們處理啦。不好意思，錢以後再一起跟你們算，應該我出的一定會付。」

「好吧，我只是來跟你確定一下。花良龍要我問你，掃墓要去嗎？」

「嗯，我會傳簡訊給他。」

「一年才見一、兩次，還是去吧。」

「大姊，謝謝妳，每次都給妳找麻煩。」

「我會跟花良龍、良駒說一下狀況，記得有空去看看爸爸。」

花麒麟點了手機螢幕上的紅色圓點，停止講話，然後點出地圖，輸入了要去的地方。地圖顯示距離大約七百公尺，走路十分鐘左右。

隱禪道場位在火車站前那棟三十五層樓的香光大廈的第二十九樓。以爲目標顯著，卻沒料到並不好找，花了很多時間問這個管理員、那個公司小姐，轉了幾趟電梯，才來到第二十九樓的第51室。51室看起來是倉庫改的，因爲每一層樓的編號都只到50。

道場的門是半開的，一位穿著海青、留著短髮的年輕女子坐在門口桌邊，看到他便拿出一本簿子，要他簽名，並且收費。入場費兩千元。花麒麟遲疑了一下，還是掏出了鈔票。女子開完收據遞給他，收據上寫著「一念價萬千，昨死今再生」，接著拿出一個小竹籃，要他把手機放進去，然後指了指旁邊一疊深咖啡色的坐墊。花麒麟覺得手機交出去好像士兵被繳了武器，雖不舒服，但還是照做了。傳說他們規矩很多，說的道與衆不同，不准拍攝、錄音，手機要被暫時保管；法師開示的時間不一定，要看她的心情，能遇到算是千載難逢。

花麒麟抽了一塊墊子走了進去，在玄關處脫掉了鞋襪，走上道場的黃色木頭地板，裡面坐了二、三十位聽道的人，牆上掛了幾幅字：「禪心禪道」、「除妄達眞」、「一念萬千」。花麒麟找了一個最角落、距離門口最近的位置坐下；傳說中的隱禪法師坐在一張深咖啡色的長几後面，正在說話。

道場裡飄著一股沉香味，應該是來自印度老山，比黃金貴的那種。有朋友專門在賣這種從印度、越南來的沉香，他一聞就知道品質很好。

法師身後高處有一個螢幕，螢幕上的ＰＰＴ打出了演講重點。長几旁有張直立的高桌，桌旁站了一個爲她操控鍵盤的女居士。令他驚訝的是，法師長几的右手邊豎了一張一尺多高、用金漆框框起的黑白照片。那張照片是一位女尼，女尼的臉孔浮腫，明顯割過雙眼皮，眉毛是繡過的。不知怎地，那張臉就是有種熟悉感，似曾相識。法師以抑揚頓挫的聲音說：

「男子就是有五障之身，多染、多慾、懦弱、善妒、煩惱，這五障根本還不足以形容男人的壞根性。」

「歐——歐——」坐在墊子上的人一起發出回應的聲音。

「天生有這麼多障礙的男人，造成這個世界的種種災難。每天我們看到這麼多的戰爭、凶殺、強暴、鬥爭，都是男人的傑作；女人都是受害者，我們力氣不夠，沒有辦法參加戰爭。被男人威脅、誘惑、強暴幾乎沒有抵抗能力，男人敗壞世間，又把責任推給女人，說是女人誘惑的，煽動的，唆使的。」

「歐——歐。」坐在墊子上的衆人發出回應的聲音。

「世間一切善跟美的事情，就是這樣被毀滅的。」

花麒麟不由自主地張開嘴，覺得不太妙。隱禪法師銳利的眼神，盯著他看。這位師父大約四十出頭，感覺不是簡單的人。

「你看我們後面又來了一位遲到的男人，不過我不會趕你出去，因爲你敢進來就有機會開悟。」隱禪法師說。

果然被盯上了，衆人轉過頭來。

「如果你懂得懺悔，這個世界就多了一個種子，會爲我們伸張正義。」

在場的衆人向他看過來，表情冷漠，不太友善。花麒麟覺得渾身冒汗，尷尬地笑了笑。

螢幕上的ＰＰＴ換了一張。

「這麼多年來，我一直在做一個工作，相信大家也知道，那就是修改佛教、回教、基督教、儒教等等經典，把上面所有歧視女性的文字統統修改過來。比如說你們看——」

隱禪法師轉過身對著螢幕說：

「女子不可能成佛，要先轉成男性，才有可能變成佛。我把它改成女子可以成佛，只要心靈轉動，女子成佛理所當然。」

信衆們鼓起掌來。

「經文：女子壞人間，令善皆滅。改爲：男子壞人間，令善皆滅。經文：一切女人，皆是衆惡之所住處。改爲：一切男人，皆是衆惡之所住處。」

信衆們點頭，發出嗡嗡的聲音，議論紛紛。

「男性出家叫作比丘，女性出家叫作比丘尼。佛經裡面管理比丘尼的有三百多條，要求比丘的只有二百多條，將來我們要一條一條來修改。爲何要求比丘尼的就多了一百多條？太不公平了！」

「歐——歐。」衆人發出回應的聲音。

「底下還有四條，我來讀一下：一、經文：你們做妻子當順服自己的丈夫，如同順服主。改爲：你們做丈夫當順服自己的妻子，如同順服主。」

「二、經文：丈夫是妻子的頭，如同神之子是教會的頭，他又是教會全體的救主。改爲：妻子是丈夫的頭，如同神之子是教會的頭，她又是教會全體的救主。」

「三、經文：女人行經時必污穢七天，凡摸她的必不潔到晚上。改爲：女人行經時必辛勞七天，凡勞苦之事男人要應接。」

「四、經文：唯女子與小人爲難養也。改爲：唯男子與小人爲難養也。」

花麒麟太久沒有盤腿而坐，兩條腿受不了這樣的彎曲，腰好難受，一會兒伸直腰桿，一會兒輪流伸直雙腿。

「我這只是舉例，要改的地方還太多了，希望在座各位大德，有錢出錢，有力出力，讓我們來改造這些經書，把那些污衊女人、歧視女人的文字改過來，成爲一本公平的經書。對了！什麼叫『經書』？什麼叫『經』？你們說說看。」

「永恆不變的道理叫作『經』。」一位女眾舉手回應。

法師笑了笑：「說得好！我們改經書不是要推翻什麼，革什麼人的命！而是要讓經書更正確，更能夠指引眾生。相信各位祖師都會贊成我的做法。這是祂們想說的話，我只是幫祂們說出來。祂們那個時代講公平的話，那些執迷的信眾不會相信，不相信就沒辦法渡化，沒辦法超拔。」

「是呀、是呀。」有人發出讚嘆聲。

「各位祖師的智慧是超越時代的，不可能那麼歧視女人，祖師們其實是在等待隱禪的出現，這些經書經過修改，相信會引起更多的重視，不會再有什麼爭議的。隱禪是應天命而生的，應時代而生的，也是發揮祖師的智慧，讓祖師更偉大、更高遠的人物。」

「師父任重道遠，師父任重道遠。」一位女眾大聲回應。

「師父任重道遠。」一位女眾附和。

花麒麟覺得自己是個笨蛋，怎麼會跑到這樣的場合來，而且這個法師嘴巴說著道，眼珠卻不時掃描過來，讓他非常不舒服。

「接下來這一張ＰＰＴ，各位可以看到所謂的俊男，各位所執迷的俊男他的本質是什麼？」

「歐──歐。」眾人發出聳動的聲音。

「這張俊男的照片是一位韓國有名的花美男，好像叫什麼太陽什麼、什麼片子的男主角，在韓國首爾有名的百貨公司，有專門的一間房子展示他眞人大小的照片，衣服、褲子，還有劇照，男的帥，女的美，據說在韓國有幾十萬個女人，自稱是他的太太。」

「《太陽的末裔》。」一位女眾回答。

「哈哈哈。」很多人笑了起來。

「這是一張透視圖，可以看到這個穿軍服男星的外型和內在。帥的外表就不看了，你們看他的頭顱骨、食道、兩排肋骨、胃、繞成非常多圈的大腸、小腸，然後是骨盆、生殖器，再下來是大腿骨、小腿骨、腳掌骨……各位看出來了嗎？據說台灣有幾萬人想當他的太太，想爲他懷孕、生小孩。這個人的表相吸引了我們，讓我們瘋狂、執迷，沒有辦法自拔。」

花麒麟注意到那張金漆框框起的黑白照片，左邊有一行白色的字，底下也有一行字。

「其實這張圖可以看出來，在表相之外，他的內在就是這樣的東西，這就是人的眞相。男人天生就是濁物，又髒又臭，把他解剖開來，裡面就是這樣的東西，各位還會起歡喜心嗎？著迷心嗎？」

花麒麟站了起來，本來想跟法師比個手勢，打個招呼，後來決定低著頭，靜靜地走開。他弓起身，提著墊子放回原來的地方，輕手輕腳地走了出去。

「哈哈！又一個落荒而逃的男子，哈哈哈！看起來這世間我要努力的還很多啊。」

眾人表情冷漠，眼神冷峻地向他看過來。

花麒麟穿上鞋子，走到門口，向小姐領回了手機。然後轉身，再走進道場，踏上木地板，舉起手機，快速調好焦距，連續拍了幾張。

小姐剛走過來想要阻止，他已經走出來了。

「先生、先生。」小姐喊道。

花麒麟用手輕輕排開她，大步往前走去。

由香光大樓出來，坐在捷運上，他忍不住打開手機，找到照片。

隱禪法師面帶微笑，看著闖進來的他。花麒麟把那張金漆框的黑白照放大、再放大，依稀可以看出那一行字：「上潔下蓮法師慈照」，果然是母親。底下那行字是「靈華寺」，是她出家的那間寺廟。

「星座紫微」財運運勢說要他「少出入高級娛樂場所」，只顧著尋求刺激的話會破財；

隱禪道場算高級娛樂場所嗎？愛情運勢說「可約異性好友出來談談心」；他已經退出了「熱帶水果」和「南國菁英交流」交友ＡＰＰ，後來找到的「JDating」這個網站更直接一些，錢也不用花太多，比較實在。只是那些男女髒了些，而且會有很多騷擾的連結。不過情慾就是情慾，顧不了什麼叫作對，什麼叫作錯，什麼算是好，什麼又是不好。

57 美霞來了別害怕

花麒麟在半睡半醒之間，感覺到有一個人影坐在床上。

他慢慢打開沉重的眼皮，眨眨乾澀的眼睛，迷迷糊糊間，藉著床頭昏黃的燈，看到臉化得雪白、眉毛細挑、有個深酒窩的女人，笑意盈盈的坐在床沿上，還有一隻米格魯，安靜的坐在她的腳邊。這隻身上有火痕的狗，張著水水的、溫柔的眼神看著他。

天色還是暗沉沉的，蟲子唧唧唧的叫聲此起彼落。凌晨一點多才躺下，大概才睡不到一、兩個小時。

「你醒啦，你不是說要來朝鮮閣大商城找我們嗎？」

「喔，最近比較忙。」

「鬼話。」

美霞用幾隻彩色小蝴蝶結綁了一個馬尾，身上穿著肉色的緊身健身衣，豐滿的乳房，像圓球般不自然地鼓出來。

「妳去健身房歐？」

「當然啊，做瑜伽和跳戰鬥舞，鍛鍊我的核心肌群。」

「一堆男生會跟妳搭訕。」

「男女老少。嘻嘻嘻，你沒有女人會死，我沒人追會死。」

美霞站起來，往兩邊伸直雙臂，轉了個圈。她的腰細、腿修長，確實是個尤物。

「那是年輕的時候，現在事業為重。」

「鬼話！男人就是男人，不瞞你說歐……」

「怎樣？」花麒麟用手撐一下身子，收起腳，撩開涼被，坐了起來。

米格魯離開了美霞，低頭在臥室裡到處聞聞嗅嗅。

「我要收集五百個男人，才能夠有形體，你才摸得到我的身體，聞得到我的味道。」

花麒麟盯著她看了一下子，忽然向前抓了她一下，果然是落空的，只是手掌有點澀澀感。

「爛人！」美霞縮了一下身體。

米格魯抬了一下頭，看了看，然後繼續在房裡聞嗅。

「五百個男人的什麼?」

「嘻嘻嘻。」

「妳跑來我這裡,不怕那個光頭男不高興,又用繩子來勒妳的脖子。」

「怕什麼,他不認識你,也不知道我會來找你。」

「眞的啊?那個傢伙很恐怖。」

「哪有多厲害,不厲害的人才裝成那個樣子,刺龍刺鳳有什麼了不起,其實他膽子很小,東西也很小。」

「嘿嘿嘿。」

「笑什麼?色胚!」

門外忽然響起一陣狗叫聲,「喔嗚……喔嗚……吼、吼,喔嗚……」聲音拉得很長。是土狼狗在吹狗螺,果然是隻有靈的狗。

「不要管他,如果我們眞的要在一起,就想辦法讓他消失。」

花麒麟張開嘴遲疑了一下,一時之間不知道要怎麼接話。

「你這房間好髒喔,你都不整理整理。」美霞眼神掃了掃四周。

「光頭不是已經死了嗎?要怎麼讓他消失?」

「方法多得是。他是死了沒錯,只是還沒消失。哎呀……別管這麼多,你要跟我在一起嗎？」

「我要考慮、考慮。」

「爛人！」

「妳有點恐怖。」

「都幾歲的男人了，還住這種鬼屋，又那麼亂！」

「妳要不要幫我打掃？」

「放屁！我又不是你的僕人，老娘眞是看走眼。氣死我了！你那個朋友百壽還那麼讚美你，簡直是笨蛋。」

「喔嗚……喔嗚……吼、吼，喔嗚……」土狼狗還在吹狗螺。

米格魯停了一下，走到門口，用前腳抓抓臥室的門。

「講眞的，要不要和美霞在一起。」美霞聲音變得溫柔起來，眼睛直勾勾地看著花麒麟，高聳的胸脯靠了過來。

花麒麟拉起涼被遮住眼睛，汗水開始從後背和胸口冒了起來。

「快，乖乖，要聽話。」

涼被上有一種微微的壓力透過來。

不知怎地，米格魯忽然非常用力地抓起門，發出難聽的「爪！爪！爪！」噪音。

「你再不理我，我要給你看我被殺死的樣子，我的喉嚨被割了好大一個洞，血很多。」

花麒麟感覺自己在發抖，下體有異樣感，快要尿出來了。

「你要看嗎？」

「等——等——」花麒麟感覺腦袋起霧了，濛濛的一片。

「看我、看——我，快一點！」

「咳、咳、咳。」忽然有一個威嚴的男性咳嗽聲，在臥室的頂端響起。

米格魯雙腳扶在門上，仰起頭，嚎叫起來：「喔嗚……喔嗚……喔嗚……」

門外遠處的土狼狗也跟著吼叫：

「吼、吼，喔嗚……喔嗚……吼、吼，喔嗚……」

涼被上微微的壓力忽然消失了。

「咳、咳、咳。」這咳嗽聲又響了起來，有點刻意。

這個聲音眞熟悉，祂出現了，花麒麟想要喊出來。

米格魯忽然沒有聲音了，屋內瞬間變得很安靜。

好一會兒，心情平靜了下來，花麒麟輕輕放下涼被。沒有了，什麼都消失了，胸口和後背濕濕冷冷的。

是作夢嗎？

遠處還聽到「喔嗚……喔嗚……吼、吼，喔嗚……」土狼狗的叫聲。

58 神明交換所

名單上列了寶神軒和祥瑞佛堂。寶神軒是做神佛像、吉祥物交換和買賣的生意。祥瑞佛堂則是從事神佛像整修、雕刻、安座等工作，但在業界是以改「身藏」最爲知名，一般神像出現問題，很多人都會推薦這一家。花麒麟原來不了解「身藏」是什麼，爲了要採訪讀了很多資料之後，才知道這可是一門大學問。

寶神軒的正廳中央，排著由長到短、由高到低的三層供桌。

外貌斯文、臉孔白淨、穿寶藍色對襟台灣衫的圓光師，兩隻手腕上懸著雕琢精美的玉髓天珠串，胸前則佩掛著一塊古意盎然的灰綠璧玉。他指著供桌上的幾排神佛說：

「這一尊關公是阿公去世了，兒子、孫子沒有想要再拜，我去看了一下，就把祂迎回來了。這尊形體好，材料也好。」

花麒麟點點頭，桌上三、四排各種神明像，至少有五、六十尊，還有一些令旗和五支王令，最明顯的是鮮黃色的大大小小葫蘆，葫蘆上繫著紅彩帶，上面寫著「福祿」、「靈丹妙藥」、「禪」、「空」等字。

「另外一尊玄天上帝，是他們全家改信基督教，就沒有要了，也有幾十年了。」

「也有人這樣齁。」花麒麟說。

「有歐，也有基督教、摩門教的改信觀世音的。」圓光師說。

「緣分啦。」

「花先生要喝茶嗎？還是咖啡？」圓光師說。這名在拍賣網站上很有名的人物，遠看很年輕，近看覺得也有五十多歲了，脖子那裡有不少皺紋，是老練的斯文人。

「不用、不用，我自己有帶水，喝那些太刺激，以前喝太多，幾天幾夜不睡覺。」

「那中毒啦，心臟會亂跳齁！喝太多又吃瘄藥仔，頭腦壞掉，人變成鬼去了。」圓光師口氣很嚴肅。

「對對對。」

「太過敏的人不要喝比較好。」

「是啊，睡不著，又胡思亂想。」花麒麟感覺牙關咬緊。

「你是有靈感的人，我一看就知道。」

「是是，沒一定啦，只是有時候控制不了。」花麒麟臉頰不由自主地抽搐了幾下。

這位圓光師果然不是普通人，資料上記載據說他也是乩身，有時會替濟公活佛降旨。

「花先生我看你外貌，是有混血齁？頭髮沒有染齁？」

「沒有染，本來就這個顏色。混血應該有，聽說是荷蘭祖。」

「沒有信耶穌？」

「阿祖那一代有人信，後來子孫出事情，有兩房子孫身體不好，就改信了。」

「外國人的教員的跟我們不合，也不要怪祂們。」圓光師語重心長。

「不敢怪啦，改信就好。」

「找到對的神明很重要，才有幫助，只是要小心，現在假的神明、邪的神明很多，我遇到太多，很難處理歐。」

「對啊，那天我有看到王爺出巡，走到半路，大駕突然衝到一間人家，前面扶轎的兩個年輕人，直接拉開人家大門就衝進去，然後把一個神像，好像是太上老君的神尊拉出來，很恐怖。」花麒麟比手畫腳起來。

「那是被邪神附身。」

「其中一個人把神像抓到路邊事先架好的油鍋，然後把祂丟到裡面。再用前面木槓的頭，一直對著祂衝，一直撞。油鍋底下有瓦斯爐在燒，裡面的油一直滾。」

「這個事情很大條，一定是厝裡有發生大事。是不是郭聖王的大駕？」圓光師半瞇起眼，搖晃起腦袋說。

「好像是，沒有注意，人家說是王爺。驚人，看到會怕。」

「郭王爺的神像我們這裡也有。」圓光師指了指第二排的一尊神像說。

「你們也有聖王公的神像喔！」

「正名叫廣澤尊王，一般叫聖王公，這一尊也有七、八十年歷史了，南部鳳山寺分靈出來的。聖王公最近很紅，很多年輕人都開始找這尊。」圓光師扭了一圈脖子說。

「年輕人瘠這尊？」花麒麟很驚訝。

「以前大家瘠哪吒，瘠大面神，現在風潮過去了。哪吒算是嬰仔仙，要吃奶嘴，很多年輕人沒有很喜歡。聖王公十六歲得道，所以你看那個臉就是少年的臉，比較符合年輕人。出巡的時候很猛，大駕經常出神蹟，又有十三太保、家將會跟在旁邊，氣勢比較好。」圓光師雙手合十，手腕上的玉髓天珠串十分搶眼。這兩串天珠若是眞品，價値至少要一百萬。

「聖王公的眼睛圓凸，四白眼，又翹腳，看起來不是普通的神明。」

「你看很多姓郭的也是長這樣子，壯壯的，身材不高。這是他們姓郭的家神，後來有靈感，變成大家都信的神明，很猛啦，抓鬼很厲害。」

「少年仔的神。」花麒麟重複說了這句。

「我這裡還有大大小小的媽祖，這幾尊媽祖有照規矩來。媽祖昇天時才二十多歲，就刻二十多歲的樣子。這是正統泉州師傅刻的，原鄉過鹹水的。」圓光師的口氣又嚴肅起來。

「媽祖的神像有的看起來很年輕，有的看起來像老太太，有的像中年婦人，有夠離譜。」

「這幾尊媽祖都是有來歷的，請回去非常有保庇，如果家裡沒有很順，也可以再回來這邊。我們這邊都有按照規矩來，初一、十五會拜，神明生日、得道日都有拜拜，常常也會請師父來唸經。若是有會香、有出巡或是法會，也會參加。」圓光師放下了雙手。

「你們做得很好，有出名。」

「哪裡，爲神明服務，也是爲衆生服務。」

「神明來來去去，要靠你們，我也看過收幾千尊上萬尊的，厝內樓梯、房間到處擺，有的沒有的神像到處放，破破爛爛的也收在那裡。」花麒麟搖搖頭。

「這樣不好，會有事，現在亂丟神像的人很多，有些根本是工藝品，他也買回去拜。」

「對對，沒有神的就是工藝品，太亂了，不像你們這裡乾乾淨淨。」

「也有放大廟的，拜託收留的。」圓光師點了點頭。他斯文的模樣、優雅的談吐，讓人覺得他很有說服力。

「我看到一個宮廟貼告示說不收了，只出不進。」

「講起來這個世代，人說是末法、亂世，彌勒降世，玉皇大帝換人做，亂神當道，天地混沌，乾坤顚倒，我是沒有這樣想。」圓光師感嘆地說。

「歐。」花麒麟點點頭。

「雕刻佛像的技術沒人要好好學，沒一年就出師，功夫沒學到就敢刻，眞大膽。現在什麼人都可以請一尊神明回家，拜一拜又不要了。以前刻一尊神多愼重，請神、安神多愼重，現在亂七八糟的神一大堆，不按規矩，沒有倫理。」

「歐。」

「諸行——無常，生生——滅滅——三界唯心勤把握，超生了死一指先。」圓光師忽然拉長聲調，唸起偈語。

「確實、確實。」

「其實都只是一時而已，有的師父講法、講道術講得很興，徒衆千千萬萬。有的是廟很興，董事長很會經營，不過大部分興三、四十年就沒落了。有的宮廟從來沒有興過，有的現在正在興，什麼總統、院長、省主席都要去拜，都要去扶，沒多久又換一間興。這一間倒，換一間興。跟很多企業一樣，時間久了就不行了。人家說富不過三代，廟也一樣，很多講法、講道術的也一樣。」圓光師語氣平緩地說。

「圓光師看多了，開示歐！」花麒麟睜大眼睛。

「我跟你說，大廟出來的神像比較有人要。這些神明見過世面，受過好香，神像的用料也比較好，不管是軟身的還是硬身的，都比較有人要請。神像的頭髮、鬍鬚很多是用眞的頭髮，不然就是用蠶絲；身上的衣料很多都是眞絲，還有金線。媽祖身上的珠子是用澳洲的施華洛世奇的，不會褪色；那個珠子眞的很亮，水晶的。」

「澳洲？奧地利？所以從你這裡請出去的神尊很多。」

「有啦，就是要靠緣分，我這裡很多名師的雕刻，比如阿宏師、慶仔師，有聽過齁？比如淸水祖師、池府王爺那幾尊，還有很多令牌、黑旗、五福神牌。」

「跟人交流。」

「來來去去啦，很多人家裡有事也會來找我們，如果有緣，也可以請一尊回去。」圓光師笑笑地說。

「有聽說啦，你這裡很有名，還有很多大陸祖廟來的。」

「是啊，收了很多啦，五台山、九華山、湄洲、福州、漳州、南安、泉州，正港祖廟的，以前來一下就很快被請走了。」

「現在好像不流行了。大陸有一些好像也沒有很好，做得很粗糙。」

「內行的喔，這種我們沒有在收，沒有神的我們不要，機械做的不要。」

「這個要你們才懂。」

「還有喔，我這裡有很多五供喔，香爐、花瓶、蠟燭台，有銅的、有錫的、陶瓷的，那個花紋眞的水。葫蘆也不錯，這些有加持過的，去杭州靈隱寺過香的，大的放在客廳、臥室，小的隨身攜帶，隨時有好處。」圓光師的眼珠有點發直。雖然了悟了大道，說起生意來依然滔滔不絕。

「寶神軒東西真的多，大開眼界，葫蘆最出名，人人說讚。」

「沒棄嫌。」

「對了，圓光師你知道奇珍市有一個憨慢王爺，憨慢仔，有聽過嗎？」

「知道啊，我有去看過，以前有一段時間非常轟動，在溪水里對不對？」圓光師的眼睛亮了一下。

「對對對，我還有照片。」花麒麟興奮起來。

花麒麟滑開手機，找到照片，遞了過去。

「請問憨慢王爺的來歷看得出來嗎？」

「這個我懂不多，腳下踩獅子——咦，有像雷王爺，但是臉上沒有七星。」圓光師摸摸下巴。

「雷王爺？看不出嗎？爲何有七星？」

「跟叛軍作戰時，臉上中了七支箭。」

「這樣啊，雷王爺是英雄人物，憨慢王爺不是這種神，伊絕對不是。」花麒麟搖搖頭。

「這尊神像已經起甲，翹曲，彩繪糊掉，還有蟲蛀，裂紋很多，可能本身木材就沒有很好。還好祂身上的錦甲是用刻的，不是用漆線的，不然更麻煩，要花更多錢修補。」圓光師對著手機裡的照片指指這、指指那，不時把照片拉大一點，點出有瑕疵的地方。

「這樣啊？」花麒麟吃了一驚，覺得心頭有點冷。

「這一尊神也算是出過名了，整理整理說不定還是有人要請，但是……」圓光師抿起嘴，輕輕地搖搖頭。

「有出名齁？」

「有有，報紙、電視有報過。」

「確實有些地方腐掉了。」

花麒麟從沒想過這個問題。憨慢王爺神像確實很舊了，不少地方有裂痕、有蟲蛀，還以為這是老神像的正常現象，而且越舊越有靈性。沒料到問題竟然這麼嚴重，難怪這幾年很多廟的主神都換成新的了。

「脖子那邊有一道裂紋，要小心。」

花麒麟看了看圓光師指的地方，果然有一道裂痕。

「順上去會到下巴、嘴、鼻子。」圓光師語氣肯定地說。

「哇！」花麒麟深深吸了一口氣：「會裂掉？」

「可能會啦，諸行——無常，生生——滅滅——」圓光師又唸起偈語。

「葫蘆好啦，我跟你買三個小的，隨身攜帶的那種。」

「三個葫蘆，好好，我跟你保證三年不會爛、不會裂，如果有爛、有裂，你回來找我。」

「不會啦、不會啦。」

「三個就好嗎？大的不要帶一個嗎？放在客廳不錯歐，有福有祿。」

「不用不用，暫時不用。」

「人有失志馬有失蹄，男兒志在四方，秦瓊還有賣馬時，郎客！拜對神明飛黃騰達，拜錯神明一世人缺角。」

「圓光師，一個靈丹妙藥，兩個福祿好了。」

「這樣就好嗎？既然千里迢迢來到這裡，要不要再看一看哪一尊神明較有緣？」圓光師眼珠發直，表情很熱切，嘴巴越講越快。

「哦……」

「難得來一次，因緣難再逢，再看看和哪一尊神尊有緣，看一下吧，良機一過，再難回頭。」

花麒麟噘起了嘴，不知道自己的臉色有沒有變得難看，只是很想快點離開這裡。

59 裝藏了什麼？

祥瑞佛堂位在大井鄉瀾仔路的巷子裡，前面是間兩層樓的房子，後面是一座茶紅色鐵皮搭的大倉庫。

矮矮壯壯、紅光滿面、肥肥的下巴留著黑白山羊短鬚，身穿褐色對襟台灣衫的明洋師，出來迎接花麒麟。他們沒有從正門走入事務所，而是從旁邊的倉庫進去。

一進門就聞到很濃的樟木和檜木的味道，倉庫裡擺了好多粗大的樹木，大的看起來直徑有三、四公尺，長十幾公尺。還有很多直徑五、六公尺大的樹根，從那些樹根看起來，原來的樹是長得非常高大的。

一隻黑黃相間的大型杜賓狗忽然出現，匆匆跑了過來，嘴裡發出咿咿嗚嗚的興奮聲，先是仰頭看了看花麒麟，然後低頭嗅了嗅他的腳。

「吉米、吉米，伊是郎客，不能咬，不能咬歐。」明洋師對著牠說。

「不怕、不怕，我不怕狗。」花麒麟嘴巴這麼說，心裡還是有點緊張，因爲這隻實在很大隻，白森森的牙齒長得尖銳又密密麻麻的。

杜賓狗皺起眉頭，好像覺得不舒服。牠伸出粉色舌頭，喘出的氣噴在花麒麟的褲管上。

「吉米、吉米，去、去。」明洋師揮揮手。

「吉米、吉米，我是好郎不是歹郎。」花麒麟說。

聽到花麒麟叫牠的名字，杜賓狗咧了咧嘴，露了露門牙。

「嘿——嘿，要幹什麼，去、去。」明洋師再次揮揮手。

花麒麟眞希望這時候土狼狗在身邊，兩隻身材差不多的狗，打起來應該勢均力敵。

杜賓狗抬眼看看花麒麟，轉過身，不太情願地走開了。

「這狗訓練得好，一般杜賓很會亂叫、亂咬。」

「聽話啦，上過很多課的，幫我顧工廠，晚上有人來，叫很凶。」

「需要、需要，工廠這麼大。」

明洋師很高興地指著那些樹頭和樹根說：

「我的命很好，這些都是在政府禁止砍伐之前收到的。這些樹現在不能砍了，山上也剩沒多少了。」

「哇！眞的很厲害，收這麼多。」

「有些是同行讓給我的。他們不要做了，店收起來，做這頭路也不簡單。」

「好多根眞的是神木，神木級的，這麼粗，明洋師本錢要很夠。」

「有人說是福報啦，做得淸有福報。原來買一根樹頭，像這根大約三萬塊，現在五十萬我也不賣。」明洋師用腳踢踢旁邊一根圓圓的木頭說。

「聽說明洋師祖傳是看地理的，幫人找好的陰宅，子孫發財的很多。」

「我阿公啦，我大哥傳承，我只有學一點，有時候幫人指點指點而已，我以前是做風水土木的。」

「歐，這樣啊。」

「眞材實料，幾十年不會裂，地基穩，不會崩，現在沒有做了。」

「確實，風聲很好，常常聽到說明洋師有信用，是實在人。」

「做風水的要有道德啦，有的會害人，有的偷工減料，最壞的會跟盜墓的勾結。」明洋師的語氣十分感慨。

「盜墓的？好久沒聽到這個名詞。」

「陪葬多的有錢人，埋下去沒多久他們就來了，做風水的會留一塊地方比較鬆，好下手。」

「眞的夠黑。」

「很多下場不好，我看過很多，起痟的，破產的，女兒淪落風塵的，家破人亡的，很多。」明洋師說。

「報應齁。」

「不能鐵齒。」明洋師說。

「這些收藏真的不得了。」花麒麟很是讚嘆。

「你看看，台灣現在收比我多的沒超過五個，而且他們很多是從東南亞進口的，不像我這個，完全是台灣的，而且很多還是去日本買回來的。」

「日本買回來？」

「以前日本時代在台灣深山砍掉了一大堆，載回去蓋神社、蓋辦公室、蓋房子，有的還有剩，我打聽到，就去買回來。」

「哇，有心人，真的有心。」

他們走到一位正在工作的師傅身旁。

「這位是阿泉師，全台灣修理佛像有名的師傅。」

長得很像達摩祖師的阿泉師停了一下手，抬起頭，點了一下。

阿泉師手裡抓著一尊王爺神像，正在挖出背後的東西；他的手邊有一把正在燃燒的香，氣味很濃重。

「王爺的背是有問題嗎？」花麒麟問。

明洋師說：

「家裡不安寧，當初就是裝錯了東西，屋主得癌症，一直治不好，要改。」

「裝了什麼？」

明洋師摸摸山羊鬍鬚說：

「有些王爺是毒蛇、蜘蛛、蟾蜍、壁虎、蜈蚣，還有裝鳥、虎頭蜂那些的。」

阿泉師用鑿子挖開木頭，掏出一些黑黑的東西，然後拿起那束香，用紅色火熱的香頭去燒燙那些黑黑的東西。

「現在要給它換佛經、五寶。」

「五寶？」

「本來是金、銀、寶石那些，這家主人經濟沒有很好，用一張符紙代替就好。」

阿泉師放下香枝，拿起一把毛刷，一個銅缽，把那些掏出來的東西掃進銅缽裡。

花麒麟想到憨慢王爺，祂的背後裝藏了什麼？有沒有裝藏？

「請教，神像爲什麼要裝東西？」

「裝東西才有神，又不是工藝品，大部分的神像都有裝。」阿泉師抬起頭說。

阿泉師的頭平滑光亮、寸草不生，落腮鬍卻又濃又密，毛髮生長好像整個倒過來。明洋師長得卻像日本掌管商業繁榮的福神之一——惠比壽，笑起來更像。

「王爺的東西好像很可怕。」

「這樣才有力量，裝的東西有的你想都想不到。」阿泉師說。

「眞的喔？」

「動物身上的器官，眼珠、心臟、生殖器。」阿泉師說。

「眞恐怖，了解。可以改嗎？改了不會有影響嗎？」花麒麟覺得不太舒服。

「可以改啊。這一家人希望這樣。講起來也很有道裡，裝了五毒還是抵擋不了癌症，那就改用佛經吧。」明洋師說。

「沒有裝藏就不是神，這句話很深。」花麒麟點點頭說。

「人也一樣，只要像人的人都有裝藏，出生時神就在你的身體裡裝了東西。」明洋師的表情很神祕，像個智慧老人。

「什麼？」

「才有辦法應付啊。要活在這個世間沒那麼容易，劫數那麼多，有的逃得過，有的逃不掉。」阿泉師皺著眉頭說。

「沒有裝東西的都是假人、空的人，你沒發現很多人生下來沒多久就死掉，很多人就算活下來也像個空空的人，那些人只有人皮、人骨，裡面沒有東西。」阿泉師繼續說。

「哇！這樣講太厲害了。」

「確實，假的人太多了，空空的人太多了。」明洋師說。

「那人可以改嗎？沒有的可以裝進去嗎？」花麒麟急著問。

「人可以改，要讀書，要拜師學習，才會有一點改變，但是生下來沒有的就沒有。」阿泉師說。

「眞的啊？」花麒麟剛剛才在想憨慢王爺的身體藏了什麼，而現在則是迫切地想知道自己有沒有兩位師傅講的裝藏。

「好啦、好啦，別想太多了，有興趣知道更深一些的，跟我聯絡就好，我會帶你去找名師，讓你跟他談一談。」明洋師說。

「是、是。」花麒麟點點頭說。

「看你根基不錯，我一講你就懂，也是有緣人啦。」阿泉師說。

忽然，那隻杜賓狗跑了過來，嘴裡好像咬著什麼。

難怪剛才有好幾聲狗叫，還有跳動、追逐的騷動聲。

「夭壽！吉米你又幹什麼。」明洋師大聲斥責。

杜賓狗嘴裡銜的是一隻黃白花貓，這貓身體彎曲，四肢下垂，看來已經不行了。

花麒麟張大嘴，驚嚇極了。

杜賓狗的嘴巴流淌著白色口沫。

「夭壽！去去去！」明洋師跺跺腳，更大聲地說。

杜賓狗銜著貓轉身，跑走了。

「貓太多，實在是。附近有人餵貓，野貓太多，吉米應該是在外面抓的。」明洋師攤攤手。

「吉米這隻狗會抓貓，也會抓老鼠。」

「這麼厲害。」花麒麟吞了吞口水，感覺有點不舒服。

「有的貓會假死，被咬到了，就裝死，一鬆口就逃走，貓就是鬼怪。」明洋師說。

「這樣啊。」花麒麟再吞了吞口水，鎮定一下狂跳的心臟。

果然在那些樹頭、樹根後面傳來一陣騷動聲，貓的尖叫，杜賓狗的咆哮，追逐聲不斷。

阿泉師好像完全不受影響，仍繼續手邊的工作。

「那個是……」花麒麟忽然看到一尊被燒得焦黑的佛像，就放在不遠處的矮桌上。

「那是將軍宮的輔順將軍馬仁，著火有沒有，燒得很大。」明洋師說。

「著火歐，這尊燒成這樣，爲什麼著火？」花麒麟說。

將軍的臉表面已經炭化，頭冠、袍子燒得又黑又破爛，看起來很狼狽，形體像被燒壞的小孩，甚至有點可怕。

「電線走火的樣子，其他神尊、神桌、匾額、法器都燒光光，馬將軍自己彈出來，只燒一些。」明洋師說。

「彈出來！這麼厲害，還有救嗎？」花麒麟接著說：「將軍宮的人有嚇到齁。」

「這尊馬將軍不普通，神還在，可以救。」明洋師說。

「阿泉師可以嗎？」

阿泉師點點頭說：

「表面焦一點，可以修回去，臉型、五官形狀還在，刮掉，補土，重新上漆。其他的王公帽、袍子換一件就好，簡單啦。」

「修完跟新的一樣。逃過一劫，神力更強，像人生病過一場一樣，有時會變得更好。」明洋師說。

「眞的！眞的！眞的！」花麒麟連聲讚嘆。

花麒麟離開祥瑞佛堂時，感覺自己是和兩尊神佛相處了幾個小時。至於杜賓狗和貓的事，他決定不多想，要刪掉這部分記憶。

60 城隍夯枷

○月二號了，花麒麟點開「星座紫微」。天秤座。

事業運勢　三顆星：☆☆☆

職場業務量大幅成長，在工作領域的表現受到肯定。

財運運勢　三顆星：☆☆☆

有投資習慣的天秤座，千萬不可有炒短線、投機的心態，容易瞬間負債累累。

愛情運勢　四顆星：☆☆☆☆

會邂逅一個你覺得可以共同生活一輩子的對象，雙方關係會更爲親密。

花麒麟不喜歡基督教傳教士遇到他就說：「你有罪！趕快懺悔吧！」他覺得很好笑，你怎麼知道我有罪？幹嘛要懺悔！就算有罪，也不想跟你懺悔。而且有罪就一定要懺悔嗎？很多惡人到死，也不認爲自己做錯了什麼。西方的法院這麼多，律師這麼多，天天在爲犯罪的人辯護，在那邊糾纏不休。犯罪的人不到證據確鑿、無從抵賴，絕不認罪，這不是和傳教士說的相反嗎？花麒麟覺得應該這麼說：「人生在世免不了犯罪，犯了罪不一定要承認，懺不懺悔就看個人良心了！」是不是這樣呢？

花麒麟來到人潮很多的城隍廟，由大門進去，穿過衆多善男信女，走上庭階。不知道怎麼回事，一進大門他就感覺身體輕鬆了許多，很多想法突然就消失了，腦袋和身體霎時空掉，變成一個平常的人。

平常這裡白天人不多，晚上才熱鬧，兩百里轄區內死亡的人，要先來這裡報到。傳說常有被牛頭、馬面拘捕的亡魂，拖著腳鐐、手銬，走到廟埕前，跪下來聽候審判。半夜時分不時傳出的斥責聲、呼喊聲、刑求聲，讓附近民衆膽戰心驚。

其實他不想來這樣的廟，但是合約上列了這座廟，必須來實地查訪。

進門後，恭敬地向神龕上擺滿了鮮花、素果的城隍老爺神像鞠躬。因爲將要辦祭典吧，窄窄的地方擠滿了人。

傳說中最有名的陰陽司公已經移駕到中庭，這尊眞人大小的神尊，頭上戴著鮮紅色花彩，身上穿著一襲寶藍色官袍，右手拿著一本簿子，臉孔右黑左白，鬍子也是半黑半白，連袍子外伸出的手掌也是這樣的顏色。祂的兩頰有點凹陷，眼珠圓黑，目光銳利，看起來是很幹練的官員。陰陽司公是城隍最重要的手下，上承城隍爺的命令，負責判決工作，人們在陽間犯了什麼罪，做了什麼不法勾當，都逃不過祂的審判。

庭院台階上站著兩名身強體壯、面目嚴肅的衙役，祂們一手拿著棍子、一手扠在腰際，令人望而生畏。

這裡不該是像他這樣的人來的，眞的是跟自己過不去。不過聽說陰間的司法其實和陽間一樣，可以打通關節，有錢判生無錢判死，有權力就可以羅織他人罪名，有「關係」的罪犯就沒關係；不時演出一審重判，二審減半，三審豬腳麵線的戲碼，不知是眞是假。

每年一度的城隍巡行賑孤，再過幾天的農曆七月一號才要開始，這幾天是活動報名時間。

這個廟最有名的是「夯枷」活動，犯了罪或遭遇到厄運的人，來這邊買了枷，戴在脖子上，跟城隍誠心懺悔，跟著遊街示衆後，就會得到赦免。

廟的裡裡外外站了不少奇怪的人，過胖的、過瘦的、身形憔悴的、面貌愁苦的、推著輪椅的，各色各樣，其中不少人有家人陪伴，也有孤單一人的。

有一處木頭櫃台，貼著一張告示「報名處」，櫃上擺了一個鮮黃色紙製的三角形枷，枷旁有個紙牌寫著標價「三百元」。紙枷三個面都寫了一行字：晉封威靈宮都城隍平安符。

花麒麟排隊排了好一陣子才拿到一張表，表上有編號和幾行字：枷輕者，貴人扶持，事事如意。枷重者，小人纏身，諸事不順。上面要你填寫住址、性別、年紀、事由。

花麒麟想了又想，有什麼事需要懺悔嗎？應該帶個枷贖罪嗎？

表上列了幾個參考選項：一、因果業障。二、孽緣桃花。三、官司是非。四、忤逆不孝。五、婚姻不順。六、敗業破財。七、貪得無厭。八、考運不佳。九、陷害他人。十、身體病弱。

花麒麟避開人群，擠到一根石柱旁，從口袋裡掏出筆，開始圈點。他勾了一、三、四、五項之後就停下來，想了一想，再用筆圈了一、七、十，再看一遍之後，發現原來這十項裡只有這三件事跟自己比較無關。不過因果業障這一項沒有把握，前世他有種什麼惡果要今世來還嗎？事由這一項要怎麼填呢？

花麒麟抬起頭，靠著的這根柱子上有一副對聯，這邊寫的是：善由此地心無愧，對面的則是：惡過我門膽自寒。

他收起筆，拿著表走去櫃台邊，趁忙碌的工作人員有一點空檔時開口問：

「請問事由填了以後呢？」

「你就交給櫃台，我們整理以後會把內容打在疏文上。當天你過來，跟我們說你是幾號，我們會在神桌這邊請道士幫你唸你寫的內容，然後懇請城隍爺能夠赦免你的罪，或者完成你的願望，你的枷當天會發放。」這位很像學校退休老師的婦人，拉下老花眼鏡，用很標準的國語看著他說。

「請求城隍赦罪，一次寫一項？」

「是啊，一項就好，不要寫太長，五十個字以內。」婦人說。

「這樣啊，我好像很多。」

「每個人都很多，寫最重要的就好。」婦人說。

「這樣啊，每個人都很多！」

「唸完疏文，時辰到了，會請你戴上枷，跟在陰陽司公的轎子後面巡街，七爺、八爺也會出動，走到北壇之後，做完儀式，就會把疏文進金爐化掉，這樣你清楚了嗎？」婦人說。

「這樣啊，我了解了，我再想一想好了。」

他從人群中走出來，由側門離開城隍廟，想找一個地方坐一坐、想一想。

廟門外搭了一座紅白色亮麗的棚子，棚子的鐵架上掛了一個牌子「祈願亭」，棚子裡面橫的、豎的搭了幾根鐵桿，鐵桿上吊了非常多的卡片，卡片上寫了很多的字句。棚子入口處有人在發祈願卡，好幾個男女彎著腰在桌子上認眞地塡寫。

一位年輕人正在把卡片上的紅絲線拉開，綁在鐵桿上；另一位先生則坐在棚子外面，整理桌上厚厚的一疊卡片。

花麒麟舉起手機，對準那些吊在鐵桿上的卡片，迅速連拍了十幾張，然後轉身，快速離開。

他走過馬路，來到一間便利商店，買了一瓶可樂，找了一張椅子坐了下來，定一定神，滑開手機。

卡片上的內容大部分是許願身體健康、事業順利、全家平安、學業進步、考上某某大學等，比較有趣的有幾張：

一張是希望自己的孩子能夠趕快找到好媳婦，振興家業。

一張是願與七世夫妻的第二世張○豪這個男人一起平安到老，下輩子可以早點相遇。

一張是期望官司能夠順利進行，全身而退，不會被起訴，自己五十五歲就要退休了。

一張是彭○蓉盼望要快一點脫離鄭○敦的控制，不要再被他糾纏了。

一張是希望那些整天說謊的政客，立刻遭到天打雷劈，馬上有報應。

一張是期望擺脫爛女人○○○，不要再遇到爛桃花。

一張是詛咒寫黑函攻擊他、讓他飽受冤屈的人，希望那個人早點得到報應。

花麒麟想自己要塡什麼呢？要懺悔的事、想脫罪的事，誰對誰錯都理不清楚，不知從何說起。以前沒有好好想過，原來自己曾經犯過這麼多的錯，那個紙製的三角枷，應該是承受不起的。據說陰陽司公手中那本簿子，記錄著每個人一生做的好壞事，人死了就會被拘來這裡，跪在城隍面前一一細數，然後下到地獄，接受各種刑罰。

如果想那麼多，還能在這社會上混嗎？能成爲有成就的人嗎？混得好的人才不會來這裡吧！

他抬起頭看到滿街的男男女女、老老少少，好像每個人的脖子上都帶著大大小小、輕輕重重的枷，只是他們好像不知道。

到時候再說吧，眼前是顧不了這麼多的。

離開城隍廟不久，花麒麟的腦中不再那麼淸空了，又開始接到很多訊息，腦中慢慢變得混濁，身體又沉重了起來。

61 蟾蜍精將修煉完成

「我跟你講了很多次，大難臨頭，悔不當初，竹林裡那隻蟾蜍精快要修煉完成，一定要想辦法除掉。」許老仙說。

一直趴在桌旁的土狼狗，豎起耳朵，睜亮眼睛，看著竹林。

天氣已經有點冷了，他還是穿著皺巴巴的白色汗衫，汗衫上有幾塊黃色斑點。

「什麼蟾蜍精？你來這裡沒有跟家人講，害人家一直找，我剛才打手機通知你女兒阿梅了。」阿棟伯說。

「在那邊的竹林裡面，我帶你去看。」許老仙揉揉眼睛說。

「免、免、免！我知道了。」阿棟伯說。

「當初就是薩天師一念之仁，收了這隻蟾蜍當徒弟，還教牠很多法術，現在越練越強，恐怕連師父薩天師都收服不了牠。」許老仙用粗糙的手指敲敲桌子。

「還是薩天師的徒弟！」阿棟伯搖搖頭說。

「薩天師？」花麒麟疑問地說。

「我看到蟾蜍精來我們樂天宮很多次，說要跟憨慢王爺鬥法，要憨慢王爺退位。」許老仙說。

「妖言惑衆！」阿棟伯的不高興寫在臉上。

「蟾蜍對我下旨，要附近人家用葷血祭拜牠，只要再拜一個對年，牠就可以成形。」許老仙說。

「有這樣的事？我的根基太淺了。」花麒麟問。

憨慢王爺搖搖頭。

土狼狗也搖搖頭，趴下來，不再盯著竹林看。

「有這樣的事嗎？到底？」花麒麟再問。

「有蝙蝠精、烏龜精來跟我亂過，蟾蜍精沒有。」憨慢王爺回答。

「原來祢這個位置還有人要搶。」花麒麟說。

「咳、咳，只要是個位置，就有人要搶。」憨慢王爺說。

「也不想想適不適合。」花麒麟說。

「很多人認爲搶到就贏。」憨慢王爺說。

「憨！」花麒麟罵了一聲。

「你老年痴呆了，你知道嗎？」阿棟伯的臉色變得很難看。

土狼狗抬頭看看許老仙，又用鼻子仔細嗅了嗅他。

「薩天師是正人君子。靈官王元帥下凡塵以後，在西湖建了一間廟，每年要用童男童女祭拜，薩天師覺得他殺孽太重，用一道符把廟燒了。靈官王元帥很生氣，說祂全家幾百口靠這廟吃飯，竟然把它燒掉，此仇一定要報。」

「可怕的神，用童男童女祭拜。」花麒麟說。

「天帝給靈官王元帥一個金鞭，要祂跟在薩天師身邊，如果祂有犯錯，祢就一鞭打死祂，爲祢自己報仇，有公道鰤？」許老仙的嘴角泛出了白色泡沫。

憨慢王爺、阿棟伯和花麒麟聽得有點入神。

「你講的跟我知道的不太一樣。靈官王元帥其實是拜火教教主，薩天師是回教教主，這個在台灣沒幾個人知道。」阿棟伯說。

「神奇耶，太神奇了！不愧是阿棟伯，肚子有東西的人。哇！拜火教和回教。」花麒麟讚嘆地說。

「人在江湖總是要有兩把刷子。」阿棟伯說。

「這個太可怕了，誰不會犯錯呢？有一個人跟在你身邊，一直想找你的毛病，要修理你，太不舒服了。」花麒麟說。

「薩天師太厲害了，靈官王元帥跟著祂十二年，十二年歐，薩天師竟然都沒出過任何一個錯誤，靈官王元帥甘拜下風，拜祂爲師。」許老仙說。

「呿！十二年不犯錯。」阿棟伯哼了一聲。

土狼狗又搖了搖頭。

「薩天師怎麼會收蟾蜍精當徒弟呢？蟾蜍是有毒的，身上的疙瘩有毒，還會噴毒液。」花麒麟說。

「被噴到會頭暈、腹瀉、嘔吐、昏迷，這邊的蝸牛、蚊子、蟲子、蜘蛛，蟾蜍都吃。」阿棟伯說。

「吃到蟾蜍的貓、狗會很慘。」花麒麟說。

土狼狗用力地點點頭。

花麒麟看著牠呵呵笑起來，土狼狗皺起眉頭。

「這隻蟾蜍精會去偷看女生洗澡，咬走人家藏在櫥櫃裡的黃金，偷吃人家放牧在草地的羊。而且是先毒死了羊，挖開牠的肚子只吃腸和胃，其他就不管了，丟在一邊。人家以為是狗偷吃的，那時候還請捕狗隊抓了很多流浪狗，眞冤枉，豬沒肥肥到狗。」許老仙的嘴角白沫越積越多。

「師父的徒弟收太多，好壞實在沒辦法分辨，祂不知道這隻蟾蜍精的內心是有鬼的。」花麒麟說。

「我們這邊蟾蜍太多了，春天、夏天的晚上都一直叫、一直叫，幾百隻有，哪一隻是快修煉成的？要怎麼找！」阿棟伯滿是皺紋的臉，一陣紅一陣灰。

「說得也是，萬一曾經收了一隻蚊子當徒弟怎麼辦？」花麒麟說。

「蟾蜍和壁虎會吃蚊蟲，是益蟲啦。不要去惹牠們就好。」阿棟伯說。

「一定要！趕緊想辦法找出來，否則會禍害這個地方，說不定還會禍害整個國家。想到牠一天一天修煉，一天一天功力增加，我就一直睡不著，心情很壞，防微必須杜漸。」許老仙說。

「講什麼成語？錯誤一大堆，亂用！」阿棟伯說。

「眞的，我們看有人很可憐，很好心幫助他，也熱心提拔過某些人，後來成功了就翻臉不認人，這種恩將仇報的實在很多。」花麒麟感嘆地說。

「老仙你老年痴呆，你知道嗎？」阿棟伯高聲地說。

「從西方來了三位聖人告訴我，我是有使命的，我的慧眼一張開，就知道哪裡會有災難，要聽我的老人言，不然吃虧在眼前。」許老仙生氣的用力拍一下桌子。

「你卡老還是我卡老？到底是？」阿棟伯不以爲然地說。

「薩天師這尊神實在太厲害了，等下上網查一查，我一定要去廟裡找祂。」花麒麟說。

「菩提老祖收了孫悟空當徒弟，雖然祂知道這個猴精將來會闖大禍，但還是被誠心感動而收了牠。」

「很多妖魔鬼怪剛開始都很可愛，死忠仔年輕時也很可愛，跟我學很多，爲宮裡服務，出錢出力，又很有禮貌，年紀大就壞掉了。」阿棟伯說。

憨慢王爺和花麒麟點點頭。

「菩提老祖告訴孫悟空以後出山了，絕對不能說出師父是誰，說了老祖也不會承認。這個孽徒後來果然闖了大禍，還想搶玉帝的皇位。」

「搞革命，想要自己當皇帝，農民革命，階級鬥爭。」花麒麟說。

阿棟伯抬眼看看花麒麟，眼睛眨啊眨的，似乎對這樣的話很驚訝。

一台賓士車開過來，緩緩停下來。

「阿梅來了，老仙你女兒來了。」阿棟伯說。

「老闆娘來了。」花麒麟說。

胖胖的阿梅和司機，一位身材壯碩的年輕人，三個人分別開了車門走下來。阿梅穿得很貴氣，脖子上還掛了條白色珍珠項鍊，身上香噴噴的。

「憨慢王爺的轎子要準備好，要跟靈官王元帥出巡，不能漏氣，聽有嗎？」許老仙說。

「阿爸、阿爸，你怎麼又跑來這裡，實在是齁，再這樣就不管你了！」胖胖的、渾身香水味的阿梅，氣呼呼地說。

「來抬槓啦。」花麒麟說。

「阿爸、阿爸，再這樣就不管你了，送你去安養院好了。天天搞失蹤，是要嚇死人嗎？」阿梅皺著眉頭，用白皙的手掌拍著胸脯說。

「要顧好，眞的，危險，危險。」阿棟伯很認眞地說。

司機和年輕人走近許老仙，分別從兩側把手伸進許老仙的腋下，將他拉抬起來。許老仙低下頭，閉上眼睛，沒有掙扎，跟著他們站起來，半拖半拉地向前走去。

「阿爸、阿爸，送你去安養院好了，你是要鬧死人才甘願嗎？又不洗澡，整身臭烘烘。」阿梅叨唸著。

上車前，許老仙的拖鞋掉了一隻，但年輕人迅速把車門關上，沒有理會。賓士車倒了一下，揚起一些灰塵，很快地離開了樂天宮。

阿棟伯和花麒麟看著地上那隻乾癟的拖鞋，土狼狗上前聞了聞。好一會兒，阿棟伯開口說：

「老了要自重。」

「啨。」花麒麟輕輕應了一聲。

「咳、咳。」憨慢王爺淸淸喉嚨，閉上眼。

花麒麟來到奇珍市區有名的維納斯西點糕餅店，想要買一些滷味和法國麵包，這家店的鹹水鴨、滷味、臘肉配料風味獨特，廣式泡菜香脆、酸甜，剛烤出來的法國麵包軟硬適中，口感很好。

「星座紫微」事業運勢預測他這個月「職場業務量大幅成長，在工作領域的表現受到肯定」。業務量大幅成長這件事沒有發生，但工作表現受肯定是眞的，藍精彩不時來信讚美他傳過去的採訪稿，因此他想要好好犒賞自己一下，吃吃美味的食物。

剛走到維納斯的店門口，就看到一位胸前揹著一尊神像，手上拿著黑令旗的男子。這人站在隔壁商店門口和店裡的人說話。店裡的人走出來，拿了一個紅包，塞在這個人胸口的口袋裡；這人鞠了躬，嘴巴唸了幾句經文，然後又走到隔壁一家眼鏡行。

花麒麟停下腳步，覺得維納斯的美味不重要了，在走廊的長椅坐下來，看著這個男人。這條街連續有幾十家店面，一個市場，生意很好，人來人往，一直是很熱鬧的地區。

眼鏡行的人似乎不理他，男人鞠躬，嘴巴叨唸著什麼。好一會兒，有一個年輕人出來，對他大吼大叫。這男人嚇了一跳，罵了幾句三字經，揮舞手中的黑色令旗，用力地指向眼鏡行。一陣騷動之後，他就走到下一間皮鞋店，皮鞋店的人很快出來塞了一個紅包，打發他走。這男人也不多說，鞠了個躬，繼續往前走。花麒麟起身，跟在後面，看他到下一家賣酒和雪茄的店會怎麼表現。這間店的老闆據他所知不是好惹的人物，男人在店門口剛站好，突然有兩台發出尖銳警笛聲的摩托車，衝了過來，兩名警察停下摩托車，架好，快速走向那個男人。人群又是一陣騷動，有人趕緊離開，大部分人停下腳步看向這邊，警察攔住他：

「你身分證拿出來！」

「什麼身分證？」

「裝什麼裝？第幾次了。」

「警察了不起喔！」

「不要在這邊騷擾店家，趕快走吧。」

「哪裡有騷擾，這是做好事。我要蓋廟請大家捐獻，要捐就捐，大家歡喜甘願，我又沒有強迫。」

「趕快走！不走身分證拿出來。」

男子抱緊了懷中的神像，抓著令旗，嘴裡唸著髒話，悻悻然地走開。

看熱鬧的人群也散開了。

花麒麟慢慢地跟在他身後。這個男子往前走了一段，過了斑馬線，來到護城河旁邊。護城河兩岸種滿了柳樹，樹下有好幾條幽靜的小徑，幾張石椅，可以讓人坐下來休息、休息。

男子走到靠近河水的一張石椅，先放下令旗，再把神像從胸口放下來，解開綁在腰上的繩子，丟在石椅上。然後坐下來，掏出胸前口袋裡的紅包，打開來數了數。

花麒麟慢慢走到他身邊，也坐了下來。男子把錢塞進了褲袋，紅包紙捏成一團，朝椅子下一扔。

河水十分清澈，裡面好多魚在游動，幾隻烏龜安安靜靜地趴在石頭上。

花麒麟從口袋裡掏出一根菸，遞給那個男人。

這身材瘦小、臉孔曬得黑黑髒髒的男人，接了過去，掏出打火機點燃。

「要在哪裡蓋廟？」

「台東縣中埔那一帶，有聽過嗎？」

「沒有，台東不熟。」

男人從背包中掏出一張建廟的圖，遞給他。

這張圖上面寫著「無限功德迴向　補天上帝威鎮宮建宮計畫」幾行大字，三層樓的宮廟畫得很花俏玄虛，看起來很像黃易《大唐雙龍傳》的漫畫。圖的最底下有一行字：威震宮新建委員會募款帳號○○○○○，聯絡電話○○○○○。

「這是我的命，補天上帝託夢給我，要我建這個廟。我現在拚了老命，全台走透透募款。」

「是威震的震，還是鄉鎮的鎮？」

「這個，我沒有注意，上面的人會注意。」

「現在募到多少錢？」

「大概三、四百萬吧？我們有一個會計在幫忙計算。」

「總共要多少錢？」

「最少也要一億，就是拚了，我們有六、七個人在全台募捐，網路上也有。我曾經碰到一個有心人，一次就給我二十萬現金。」

「這尊是上帝公。」

「我們這尊不一樣，叫作『護主三刀上帝公』。」

「怎麼講？」

這男人把補天上帝神尊移過來，用手指指著神像的脖子和肩膀說：

「你看這有三道白白的，有看到嗎？」

褐色的脖子和肩膀處，有三條刮痕。

「這是嘉慶君遊台灣時，在鹿港被奸人包圍，當時因爲太子是微服出巡，身邊只有李勇和一位僕人，對方七、八個人。李勇寡不敵衆，眼看太子就要被奸人砍頭！」

「有這段啊？」

「奸人的刀將要砍到太子脖子時，上帝公及時出現，用自己的脖子和肩膀承受了三刀。」

「歐。」

「當時奸人的刀飛出去，上帝公現出原形，天兵天將由天而降，將他們團團圍住。這些人一看大勢不妙，魂飛魄散，立即下跪，懇求饒命。」

這男人的鼻孔流出了一些鼻液，還摻雜了些血絲，灰白色的眼珠閃閃爍爍。男人用手掌背抹了抹鼻子，繼續說；

「全台灣只有這一尊，你看、你看。」

男子把神像舉起來，湊了過來。

「走了幾個月了？」花麒麟轉了話題。

男人收起了神像，幫祂整理了一下衣冠。

「七、八個月有喔。」

「不簡單，眞的是有心人。」花麒麟點點頭繼續說：「說實在的，這個神蹟歐、因果歐、業障歐，我不大要信。」

「怎麼講？」男人愣了一下，眨著眼說。

「不要看我這樣，我救過不少人。有個人跳水自殺，我跳下水把他救起來。還有一個女人從七樓掉下來，剛好我經過，伸手救她；有救到，但我脊椎受傷，躺在醫院兩個多月。」

「七樓掉下來？」男子的聲音聽起來頗不以爲然。

「還好二樓那裡有個布棚子，她先撞到棚子再掉下來，不是直接，所以沒那麼嚴重。」

「難怪！」

「我也捐過好幾百萬給家扶中心，給慈濟功德會，有感謝狀的。我還幫很多人找工作，眞的做了不少好事。爲了做好事，我還受到很多傷害，被人寫黑函，背後講壞話。」花麒麟說。

「這個眞的很難說，有一個人很善心，花了千萬做了一尊大佛祖像，要去送給廟裡。結果在下貨時，佛像從卡車上倒下來，現場把他壓死了。還有一個做王船的師傅更倒楣，王船已經做好了，隔天就要出去遊街。晚上他去巡視，調整一個檔木，結果王船突然歪斜傾倒下來，當場把他壓死，第二天才有人發現。還有吃齋唸佛多年的卡車司機，倒車時沒注意，把爸爸壓成重傷，變成植物人。」男人比手畫腳地說，表情很激動。

「這個世界眞的不公平，我們公司的同事一起去ＫＴＶ唱歌，結果有人在裡面縱火，燒死的人全都是比較好的人，只有一個最壞的科長逃出來，這個科長專門在巴結長官，搶人家功勞，他竟然可以大難不死。」花麒麟說。

有一隻貓靜靜地走到河邊，盯著水裡的一群魚，幾隻烏龜看到牠靠近，咕咚滑進水裡。

「這個人前世有修，不然就是帶煞來轉世的，旁邊的人靠近他就會倒楣。」男子說。

「我前兩年投資期貨，一開始有賺有賠，後來我看準了玉米和白銀，覺得投資少獲利少，投資大才可以獲利大。那時候是這樣想，老是驚驚，不會得等，要拚才會贏。」

那隻貓瞬間衝入河裡，叼住了一隻魚，受到驚嚇的魚群散開。突然不知藏在哪裡的一隻夜鷺，從樹叢裡衝出來，掠過水面，嘴巴也叼住其中一隻魚，拍著翅膀，飛到遠處。魚在貓嘴裡拚命掙扎，貓甩甩頭，銜著魚跑開了。

菸抽完了，男人把它丟在地上踩熄。

「有一個專門做期貨預測的朋友跟我報說：棉花跟木材七月二十八日那個時段進場最好；黃曆上說那天是觀世音成道日日子最好；網路阿嫚達星盤的預測也說天秤座那一週的那一天投資最好；有個直播的明亮居士也預測屬猴的那一天最好，絕對可以投資獲利，還說了時辰。你看，四、五個預測都說那天最好，所以那一天時間到了，我就寫單買棉花跟木材，投了六百萬下去買。」

這個男人不講話，歪著頭，盯著花麒麟。

「二十多個小時之後，我只剩下一百二十萬左右。」

「問到假神。」

「隔兩天我又去投資咖啡期貨，一下子一百二十萬都沒了。不但這樣，我跟人家借的一百萬也沒了。」

「輸贏太大了。」

「早知道買錫礦，同一天我的朋友下單，賺了七十多萬。」

「你講的我不太了解。」

「很奇怪齁？那個朋友沒做過什麼好事，能力又不好，怎麼會運氣比我好？真的想不通。」

「每個人命不一樣，時間對了，還要看生辰八字。」男子用安慰的語氣說。

「人間不公平的事太多了，做人不好，做鬼又不甘心。」

「你這樣想是嗎？」

「做神比較好，直接做神比較好。」

「要跟我一起走嗎？」男人問。

花麒麟看了看他。

「跟你一起去募款是嗎？」

「我們有五、六個人，應該還不錯。怎麼做，我再跟你說清楚，很簡單，你一聽就懂。」

「說實在的，隔了幾天，觀世音有出來跟我道歉，說欠我人情，會還我，要等時機。我的契爸也來跟我說，我後面還有兩個劫，這個劫算是最大的，再過了那兩個就可以成神。」

「契爸？」

「憨慢王爺有聽過嗎？在奇珍市溪水里。」

「沒有。」

「眞的沒有？很出名的。」

「憨慢？就是那個憨慢？」

「對對對，假憨的啦，其實很厲害。」

「草地神有的很厲害，很靈感，這是眞的。」

「我覺得成神比較好。哪個人變神沒有劫，劫越多越有機會變神，對嗎？玉皇大帝經過一千七百五十個劫，唐三藏西天取經經過八十一個劫，才修成正果。」

「那個，那個，你覺得你有機會變成神？」男子說話的口氣有點遲疑，眼睛瞪大了起來。

「觀世音菩薩和憨慢王爺都這樣說。」花麒麟的眼睛越過眼前幾棟貼滿啤酒屋、服飾行、百貨公司、日本料理、珠寶行廣告的大廈，看向遠方。

男子看著花麒麟，嘴巴張得開開的。

「眞希望有一天有人會替我刻一座神像，蓋一間廟。」

這個男子低下頭，踢一踢腳下的石頭。

「其實，我曾經被逼承認自己是神。」

這男人又歪起頭看他。

「有次去到一間拜彌勒佛的廟，他們師父說我是韋馱投胎，出世是要來扶彌勒佛的。說我的前身是什麼什麼，說我的腳底有一顆硃砂痣。夭壽！我眞的有一顆紅紅的痣，背後也有七顆大大小小的黑色連珠痣，畫線起來像北斗七星。他們一定要我認，逼我留在廟裡。那時候鬼迷心竅，被他們關在那裡幾天，幾個人圍著我唸經，不知道給我吃什麼東西，整天昏沉沉的。」

「有看到什麼嗎？」

「有啊，很多神佛、天兵天將降下來勸我，連關聖帝君也來勸我，還送我一支降魔杵。」

「你沒有承認。」

「那時候應該承認才對。」

這個男子站起身，拉拉衣角跟褲子。

「再抽一根吧？」

男子搖搖頭。

「我沒有跟人講過這件事。」

「不要講比較好。」

那隻貓又躡手躡腳地走到河邊，盯著河水裡的魚。夜鷺不知躲到哪裡去了。

男子捧起了補天上帝，把祂掛在自己的前胸肚子上，綁好，然後拿起令旗，頭也不回地離開了。

「護主三刀上帝公起駕了。」

花麒麟看著男人的背影，喃喃地唸了一句。

63 苦海寶船

花麒麟在火車站、公車站、醫院等待上車或看診時，通常會抽起放在架子上的善書，隨意讀一讀，打發無聊的時間。累積下來也看了不少。這些善書裡最吸引他的，是一些因果報應的故事，那時他就很好奇這些書是哪裡來的，怎麼會有人印這些書。以前的善書很多都是清代或民國二、三十年代的版本，故事很老舊，印刷也很簡陋。新刊印的有些印刷和內容還不錯，只是印象不深。現在火車站、公車站幾乎都看不到善書了，有些醫院還有，各地宮廟就還是非常多。其中有一本《苦海寶船》雙月刊很吸引他。這本書每期都很厚，封面印得很精美，重要的是內容很新，都是台灣各鄉鎮的人去到「三佛精舍」，跟師父問事、對答的詳細記錄，讀起來感覺很眞實，好像就是身邊發生的事。這次有機會去「三佛精舍」拜訪，他覺得很高興。拜訪完這間精舍，企劃案就執行得差不多了，剩下的就是整理和修改文稿了。

花麒麟來到三佛精舍，原來精舍是一間印刷廠，裡面擺了三、四台印刷機，後面就是一個接待來客的佛堂。

這間佛堂充滿機油味、紙張味和檀香味，幾台大型印刷機旁堆滿一疊疊書、紙箱。有位頭髮花白、身材肥胖的婦人坐在那裡，手上正整理著印出來的文件。

本來想用網路通訊方式訪問，但三佛精舍的主持人修賢居士不同意，一定要當面解說。修賢居士手上拿著印出來的文件，用一支筆在上面畫啊寫的。一位戴著深度眼鏡，眼眶底下有著大片黑暈的小姐在旁邊幫忙。她打開一支錄音筆，放在茶几上說：

「我們要錄音，可以嗎？」

「可以，但是印書時希望是用筆名或者是用代稱。」花麒麟說。

「我們不會用本名的，這樣我們也有麻煩。」修賢居士以沙啞的聲音說。

「是啦、是啦。」花麒麟回答。他注意到茶几上放了兩瓶川貝枇杷膏，還有一支不銹鋼湯匙。

「根據花先生傳來的資料和八字，我跟你講，你的父親早死，這是他的命。你跟父母的緣都很淺，你媽媽沒有八字給我，但是我看她的名字筆畫，又是屬老鼠的，這個不是簡單的人。看不出她是什麼來路，想了好幾天都想不出來，也有跟同道師兄研究過，沒有結果。」

「這樣啊？」

「不過你父母對你沒有妨礙，也沒有幫助，沒有祖先業障，你後來的命跟他們比較無關。」

「這樣啊。」

「你太太巫婉麗前世是一位有錢的生意人，你和他的情婦有私情，後來你們兩個人合謀害死這個商人，還搶了他的財產。這個商人投胎變成巫婉麗，要來報仇，讓你破產，絕子絕孫。巫婉麗本身是生意人轉世，發展會不錯。」

「她跟人合夥開連鎖火鍋店，現在有十幾家，生意很好。」花麒麟點點頭。

「而且她有修，有拜佛、有捐錢，領養流浪貓狗，福報很多，可能會找到合適的人再結婚。」

修賢居士沙啞的聲音，雖然聽起來有點費力，但有另外一種滄桑感。

「這麼好，可是她的嘴和心真的很……」

「對你才這樣吧？」

「好像是，對別人眞的很客氣，人緣很好。」

「前世因果。」

「沒想到竟然是這樣。」

「還有，花先生你最近好像有一些邪靈附身，你知道嗎？」

「邪靈附身！」

「這個因果我不敢多說，反正你要多多接近正神，多唸經。正神你知道嗎？」

「跟前世有關係嗎？」

「一定有因果。像我們這位小姐，前世因爲殺人，砍人家頭一刀，刺了腰一刀，所以現在頭痛、腰痛不會好，看了很多醫生，中藥、西藥都吃，沒有用，一直復發。」

花麒麟看向專心錄音的小姐。

「還好遇到我，我跟她講這是前世因果，幫她觀落陰，下地獄到枉死城找冤親債主，費盡力氣，終於找到原因。要她每天唸六字眞言『唵、嘛、呢、叭、咪、吽』，接著唸金剛經、心經、地藏經，幾個月後就慢慢好起來，甚至不用吃藥了。」

「這麼好，好在有修賢師幫忙。」花麒麟讚嘆。

在一旁記錄的女子伸手推推眼鏡，小小的眼珠轉了轉，點點頭。

「電腦這個我不會，還是要靠她。她有唸過研究所，對佛法也有興趣，就跟我一起修行了，我們都是發心要濟世救民的。」

「遇到明師，人生有望。」花麒麟說。

「再來講，我現在的太太之前有先生，她有外遇。」

那位坐在印刷機前、頭髮花白的婦人回過頭，朝他們笑了笑。

「那個先生很老實，不敢說太太怎樣，她就一直欺負先生，辱罵他，甚至還打他，這個男人最後生病死掉。我太太後來覺得對不起他，自己也得乳癌，兒子車禍重傷，又得到憂鬱症，整天躺在家裡，胖到一百多公斤。後來人家介紹她來這裡，找我問因果。」

「現在這樣的事很多。」花麒麟很同意。

「星座紫微」的愛情運勢說他會「遇到可以共同生活一輩子的對象」，當然不是在網路交友社群「JDating」上找到的。另一個「單身分子」ＡＰＰ裡有很多期望結婚的大齡男女，是一些離婚、喪偶的，申請進入的條件很嚴格，不會有奇奇怪怪的人。花麒麟登錄後試了試，結果和其中一位童女士配對成功。她是喪偶的，有一個唸大學的女兒，還有不少資產。適合嗎？再結婚？修賢居士這樣的夫妻看起來很適配，互動很溫馨。

「我告訴她，她的前夫上一世虐死她的母親，又害她墮入風塵。這一世是來還債的，所以妳有外遇，欺負他、虐待他，他都沒辦法還手，只能任憑妳處置。妳也不用愧疚，反正就是一報還一報，總算是公平了。現在跟我在一起做善事，累積功德，來世會有好報應，這樣就好了。」

「哇，你們就三個人嗎？我看網路很多人找你開示，有辦法應付歐？」花麒麟說。

「疫情的關係啦，不然平常人很多，滿滿的人。」小姐說。

「要事先預約，不然看不到。」頭髮花白的婦人也接話。

「疫情真的傷很大。」花麒麟說。

「劫數。」小姐說。

「印刷還有兩個人幫忙。開示的時間，我們還有一、兩位師父會過來。」修賢居士說。

「真不簡單。」

「我們沒有接受供養，也沒有收費，不沾塵埃。」修賢居士雙手放在胸前搖了搖說。

「真不簡單。」

「助印的善書、網路上的資料都歡迎翻印，沒有版權，流傳越廣越好。」小姐說。

「是是是。還有你們善書上寫的『不孝子被雷打的眞人眞事』，好恐怖喔，最近我們那邊也發生了這樣的事。」

「哦，請問花先生在哪裡看到我們的善書？」修賢居士說。

「在奇珍市一間王爺廟，你們有人來送。」

「眞的是有緣，我們印的善書《苦海寶船》全台東西南北都有送，台灣的神壇跟宮廟有一萬多間，百分之七十都有去送過。人海茫茫，我們講佛教的因果，把大家的經歷寫出來，就是爲了要濟世。也不知道有什麼人要讀我們的東西？會不會得到善果？花先生看到然後來找我們，這個就是善的因緣，眞的是佛法無邊。」修賢居士感嘆地說。

「善書百百種，還有ＣＤ，還有漫畫。你們這本內容不錯，很眞實，是現代人的故事。有很多善書是古代的，又抄來抄去，看不下去。」花麒麟說。

「終究是因緣，很多人不嫌棄。來找修賢居士，唸經、助印到底有沒有幫助，書裡都有寫，你有看到，我們小姐整理出來的。」

「爲什麼會有人被雷打死，這個機率實在是太低了。」

「天理難容啦，例子很多。貪官污吏到廟裡隨便亂發誓，說他沒有貪污，沒多久就被雷打。有人隨便污衊神明，不尊敬父母，謀財害命，姦夫淫婦，被打死的很多。」修賢居士吞了吞口水說。

花麒麟瞄了瞄茶几上的川貝枇杷膏。

「我知道有的也沒有做壞事，比如農夫在田裡耕田，有人在下雨的時候慢跑，有的是坐在家裡看電視也被雷打到，很冤枉。」

「一定不會沒有因果，你只是看新聞報導就不會知道眞相。我們看的不一樣，三佛就是過去佛、現在佛、未來佛，我們用佛眼、用慧眼看人間，不是凡夫俗子的眼睛看東西。」修賢居士用手指比比眼睛。

「這樣講也有道理。」

「花先生自己斟酌啦，看起來也是在社會有地位的人，只是暫時碰到一些困難。」

「最近事業實在是發展得不好，欠的錢還不出來，小人很多。」

「當然是這樣，不然你也不會來找我們，不會去廟裡。」修賢居士笑笑說。

「人好好的不會來醫院。」小姐說。

「說得也是。」花麒麟拍拍後腦袋說。

「你就照我說的，每天唸『唵、嘛、呢、叭、咪、吽』一百次，金剛經要唸五十次，地藏經要唸六十次。金剛經助印二百五十冊，地藏經三百冊，《苦海寶船》就隨緣了。」修賢居士說。

「哇！好像比別人多。」

「不會啦！《地獄寶鈔》上說唸白衣神咒要一萬兩千遍，印送一千兩百本為一願。《地獄寶鈔》是真正去過十八層地獄的人寫出來的歐！你的業障比別人重，你自己也知道。唸經的時候也要記得休息，喉嚨放輕鬆，免得像我一樣喉嚨一直沙啞。」修賢居士說。

「居士太用心了。」花麒麟說。

「有人助印精裝本的金剛經，這本，你看，五千本。」頭髮花白的婦人揚揚手邊的一本善書。

「你們有開收據嗎？我看有些善書後面會有寫姓名、地址，還有多少錢。不好意思，我比較沒禮貌。」花麒麟說。

「我們有紀錄，要查可以來查，也會寄收據給你。這種也是緣分，每家做法不一樣，花先生自己可以選擇。有些善書寫出來的徵信錄，很多是假的。」修賢居士說。

「助印《苦海寶船》的很多齣，你們印的好大本，而且出到二十幾集了，一本有十多萬字。」花麒麟說。

「這是一種功德，有些人是懺悔，有些人是要迴向，有些人是要贖罪，原因很多啦。來跟我談話的，我大概都會幫忙找出前世因果。要看出因果也是要累積幾十年的功力啦。說實在的，我在這條路上走了幾十年，跟很多師父學，自己也修行，這幾年覺得還不錯，眞的可以通了，才放心做這件事。說錯的話我也會有業障，要下地獄受酷刑，不得超生。」說了這些話之後，修賢居士的聲音越來越沙啞。

「我看很多人剛開始唸沒什麼反應，後來慢慢就有好轉，命也好了，身體也好了，跟家人、親戚、朋友的關係都改善了。你們這個紀錄寫得不錯，看起來很實在。」花麒麟說。

「花先生你自己體會啦！你的那個附身早一點了斷比較好，你看得到祂們，聽得到祂們，日子也不會很好過。」修賢居士靠近他，壓低了聲音說。

「不會啦，很好啦，比跟人講話還要好，比跟人相處還要好，眞的。」花麒麟認眞地說。

「不要被迷去了，有人跟女鬼在一起幾年，結果暴斃；有人覺得他是神附身，結果是鬼附身。走錯路，家運敗壞，親戚朋友都遭殃。」修賢居士身體後仰，昂起下巴。

「眞的齁，聽起來很恐怖。」花麒麟說。

「要聽我勸。」修賢居士說。

「要聽居士勸。」小姐推推鏡框。

「後悔來不及歐。」頭髮花白的婦人說。

「既然是結緣了，我每天會爲你唸『唵、嘛、呢、叭、咪、吽』五十次，十遍地藏經。」修賢居士愼重地說。

「感謝、感謝。」花麒麟抱拳向三個人說。

「有必要我們也可以找師父作法驅鬼。」小姐說。

「這個事太大，不能隨便應，要看緣分，花先生說對不對？」修賢居士說。

「感謝、感謝，眞的感謝。」花麒麟一面點頭一面說。

「不可執著，不可執迷啊！痴心妄想，業障重重！」修賢居士用著沙啞的、模糊的聲音，語重心長地嘆道。

64 綑綁紅孩兒

○月二號，花麒麟點開「星座紫微」。天秤座。

事業運勢　二顆星：☆☆

醞釀籌備的時間夠長可超越逆勢，再一、兩個月即能品嚐辛勞的果實。

財運運勢　三顆星：☆☆☆

處理金錢交易、人事安排上，可顧及人情給對方體面，但涉及金錢之事仍要就事論事。

愛情運勢　二顆星：☆☆

有不錯條件的人選，但總覺得好像不來電，不要灰心，再多開發一些對象總會遇到。

前幾次預測的事業、財運大部分不準，跟生活上遇到的事對不起來，只有一點點還算符合，還需要自己勉強解釋才說得通，就是參考吧。之前「單身分子」ＡＰＰ配對成功的童女士，忽然斷線了，不回應他了。不知道爲什麼，花麒麟有點想去朝鮮閣大商城，找那個臉化得雪白、眉毛細挑、有個深酒窩，身材曼妙的美霞；這女人應該還在那裡吧？好寂寞啊！上次實在太混亂了，經驗不夠，沒有處理好，如果當時答應和她在一起，現在不知會怎樣。

花麒麟看到運動公園旁邊樹蔭下，有一輛藍色的載卡多貨車，車上載了好多尊色彩繽紛、鮮艷的神像。一位頭上戴著印有ＮＹ白色運動帽的男子，抱著雙臂靠在車旁。

他騎著腳踏車過去，停下來，走到載卡多旁邊。

車廂外疊了三、四層的神像，看起來像布袋戲人偶，既俗艷又千篇一律。

總算看到一尊不錯的石雕地藏王菩薩。這菩薩身披袈裟，手持寶塔錫杖，單膝盤坐，腳踏清淨蓮花，手捧著一顆金色圓珠。臉的表情寧靜、慈悲，整體質感很好。看到花麒麟仔細端詳著這尊佛像，賣神像的男子便開口說：

「你很內行，巷仔內的人，雕這個的師傅是很有名的桶仔師，眞正桶仔師的。」

然後他又看到一尊有三頭六臂的童子神。這神兩眼炯炯，精神奕奕，光裸的頭上只有一撮毛髮，兩邊豎起兩個小牛角。穿著紅綢肚兜，披了披風，額頭中央有一顆紅寶石。臉上、身上有好幾處香火燻黑的地方。

「這是哪吒嗎？」

「不是，是紅孩兒，哪吒身上有六件寶貝，六個武器，紅孩兒只有一支丈八火尖槍。這是祂還沒有被觀世音收服，還在火焰山時的模樣。伊的三昧眞火連孫悟空都打不過，法力很高強。」男子說。

男子把紅孩兒神尊從架子上捧出來，拿給他看。頭的比例不太對，三張臉太大，彼此又不太像，身體太小，胳臂彎的姿勢很扭曲，不過就是有種說不出的魅力。三張臉的表情似笑非笑，眼睛會盯著人看，眼神邪裡邪氣帶著怒氣，一副想惹事的樣子。

花麒麟放在手中秤了秤，很重，泥塑的，外表噴了金漆。

「這一尊要好多錢？」

「八千元。」

翻過來、翻過去，再看看底部，還是放下了。

「五千好不好，算你五千好了。緣分難得，這個神尊罕見，眞的難得。」

花麒麟有點猶豫，這尊感覺雖然很有力量，但太野氣了些。

「老實跟你說，這尊紅孩兒是全台有名的萬寶宮出來的，正港眞品。你看這個樣子，香火紋身，最少三、四十年有了。」賣神尊的人靠近他的耳朵小聲說。

「歐。」

「若不是急著用錢，不會賣出來。」

花麒麟還是騎著車走了，沒有回頭。

來到樂天宮，拿起茶壺爲自己倒了杯茶。阿婆還是有來泡茶。阿棟伯不在。天氣太熱，又早起，應該在睡回籠覺。

那尊三頭六臂的紅孩兒讓他一直掛念，影像不時出現在眼前，那雙想惹事的眼睛一直盯著人看，微張的嘴巴好像要說什麼。

「那個被人家丟掉的神像已經沒有靈了，要小心，會勾住人，很危險。」憨慢王爺說。

「好奇怪喔，塑得眞的不太好，很粗，賣的人說不是被人丟棄的。」花麒麟喝了口茶。

「這樣的迎回來會禍害主人。」

「有一尊地藏王菩薩法像莊嚴，竟然沒有人迎回去。要不是感覺有點怕，眞的想請回來，面孔很慈祥，看到心很靜。」

「地藏王菩薩是想不開的菩薩，地獄本無人，何須太執著。」憨慢王爺說。

「哇！這句厲害，祂說過地獄不空，誓不成佛，要在那邊超渡死掉的亡魂。」

「世間比地獄可怕，煩惱、痛苦、恐怖比地獄厲害。不過拜祂很好，唸那個地藏王菩薩心咒很有用。」憨慢王爺語氣莊重地說。

「眞的啊！有道理。」

「世間比地獄可怕。」憨慢王爺再補充了一句。

「他人卽地獄，眞的啊！」

有幾隻八哥鳥看到花麒麟來了之後，就飛過來探頭探腦，以為有什麼好吃的。看到那些鳥，土狼狗很不高興，不時衝過去，吼叫著追逐牠們。八哥反應很快，一下就飛走了。有時還會故意衝下來，又快速飛上去，好像故意向土狼狗挑釁。土狼狗抓撲不到，只能氣急敗壞地咆哮，怒氣沖沖地跑來跑去。

「這要貓才有辦法啦。」花麒麟說。

聽到這句話，土狼狗很不高興，對著花麒麟「汪！汪！」吠了幾聲。

「Rocky抓過很多老鼠，鳥沒辦法，抓老鼠比較重要，每次都來偷吃東西，亂挖洞，地基都弄壞了。」憨慢王爺說。

「很想念那兩尊神像耶。紅孩兒沒有被收服前才有力量，很神氣，被收服了就像笨蛋乖乖牌，跟著觀世音要做什麼？變成裝飾品，沒有用了。那個三昧真火好厲害，太迷人了。」花麒麟說。

「人家好不容易才修成正果，多少樹妖、石精、蛇怪修煉多年都做不到。」

「想去迎回來耶，不知道那輛載卡多還在不在？」花麒麟惆悵地說。

「花麒麟被牽住了。」土狼狗警覺地說。

憨慢王爺點點頭。

「咦？王爺祢的臉怎麼好像有一條傷痕？」花麒麟愕然發現王爺臉上有條淡淡的、短短的細紋。

「咳、咳、咳、咳，看得出來嗎？還好啦。」

土狼狗也看了看說：

「王爺和鏡照宮的神尊吵架，那個傷一點點，看不太出來。」

「沒有啦、沒有啦，只是辯論。」

「神也會吵架。」

「怎麼不會？常常也在鬥法，看得多了。」土狼狗說得很滄桑。

「跟尊者嗎？還是三蟲帝君？」

「我和合和尊者、瑕疵尊者兩個在討論人的形體重不重要，沒想到三蟲的武帝君又來加入，說來說去就很生氣了。」憨慢王爺有點靦腆。

「後來他們說憨慢王爺是假神，憨慢王爺說鏡照宮才全部都是假神，還被雷打過，火燒過兩次。」土狼狗說。

「被雷打，真的嗎？哇！這個可怕，沒有人跟我說過，去那麼多次也沒有人講。」

「咳、咳，四個主神都被打壞了，什麼光神、土神什麼的，後來才重修的，這是真的。」憨慢王爺說。

「那時候我沒在這邊，不知道有這樣一段。」

「祂們說真金不怕火煉，宮廟修一修，又給祂們興起來了。」土狼狗說。

「真的假不了，假的活不了。」憨慢王爺語氣很重。

「有很多奇怪的教，像白蓮教、黃天道、拜火教、羅教什麼的，雖然怪裡怪氣，但真的就是興起來了，信徒幾十萬、幾百萬的。」花麒麟說。

「機緣、機緣。」土狼狗一面說，一面盯著飛來飛去的八哥。那隻肥肥的貓跑去哪裡了？對付這些狡猾的鳥，說不定可以合作。

「打起來了嗎？」花麒麟說。

「沒有啦，只是生氣而已。」

「生氣臉就變這樣？」花麒麟說。

「瑕疵尊者說我的木頭是用樹的尾巴雕的，不是樹頭，也不是中間比較好的那一塊。」

「所以先天比較吃虧。」土狼狗點點頭。

「刻王爺的師傅眞夭壽。」花麒麟說。

「沒事、沒事，可能只是血壓有點高。」憨慢王爺說。

「眞的假的，哈哈哈，跟阿棟伯一樣。」花麒麟重重地放下茶杯。

「你眞的要迎地藏王菩薩、紅孩兒神尊回家嗎？」憨慢王爺問。

「我也不知道，現在滿腦子都是這兩尊神，很苦，明天我會再去運動公園看一看那台載卡多。」

「小心啦，小心啦。」土狼狗說。

「好像談戀愛時被巫婉麗迷住一樣，茶不思，飯不想，整天就想跟她在一起。」花麒麟說。

「嗯。」憨慢王爺由喉嚨應了聲。

「小心啦，小心啦。」土狼狗惡狠狠地盯著那些飛來掠去的八哥說。

「我需要三頭六臂和三昧眞火！眞的，我要東山再起。」花麒麟用拳頭輕敲桌面說。

65 前世究竟是誰？

無影山上有十幾間有名的宮廟，各地信徒絡繹不絕，花麒麟從小便來過這裡。山上的宮廟、山林是旅遊的好去處。然而最有名的就是「荼毘火化場」，是許多高僧、居士和信眾指定的地方，在這裡了結臭皮囊、羽化登仙的人難計其數。

因爲曾經在網路上說希望知道自己的前世，不久便有位男子打電話來，自稱是無影山靈神洞的住持，道號「玄心」，想約他見個面，有重要的事商量。花麒麟正好也想了解「荼毘火化場」的事，便欣然前往。

花麒麟依照住持的指點，開著租來的車，繞了很多路，來到無影山一處偏僻的小山丘，停好車，循著一條小徑往上走，終於找到了靈神洞。身穿台灣衫、留平頭、手上掛著檀香腕珠的男子，站在洞口向他打招呼。

靈神洞看起來是由山洞整修、擴建出的，洞口簡單修了一座廟門，幾個台階，模樣跟一間民房差不多。

平頭男子帶他走入一座昏暗的洞窟中，進門左側有一尊金色的釋迦牟尼佛坐像，幾塊圓形的拜墊鋪在地上，幾盞黃色的燈掛在壁上，空氣中除了烏沉香的氣味，還有一股菜油味。

等眼睛適應了光度，花麒麟發現這山洞很高、很寬，深度也是一眼看不到底。

這山洞是長條形的，兩側各排著兩層褐色塑像；這些塑像不高，大約都只有一、二尺高，有站有坐有斜躺，數量很多。因爲顏色較暗，花麒麟原本以爲是六十干支神像，結果是各種姿態的菩薩和羅漢，看起來都是出自同一個師傅之手。

除了兩側的塑像，通道中央還擺設有十幾個玻璃櫃，裡面有銀色的碟子，碟子裡裝著大大小小、各色各樣的珠子——粉色、灰色、淡藍色、褐色……圓形、方形、不規則形……銀碟旁有一個名牌，上面寫著道號、法號或者姓名。

「這是舍利子嗎？」

「是啊，幾位高僧的，還有居士的。」

「哇！」

「多年的修持和功德，才會有這樣的善果。」

「太不容易了，太不容易了。我這個人死了大概就是惡貫滿盈，什麼也燒不出來。」

「花先生很謙虛。請過來。」

平頭男子沒有發現憨慢王爺就坐在第一層那一列塑像當中，並且偏過頭，對他眨眨眼。原來的泥塑佛像臉孔竟然被祂取代了。

平頭男子叫了花麒麟，然後指著一尊看起來像羅漢的塑像說：

「這個人就是你的前世。」

聽到自己的前世就在眼前，花麒麟第一次感覺到不知要講什麼，喉嚨哽住，說不出話。

「你的前世范德池先生過世以後，把他的骨灰放在泥土裡，塑成這尊雕像，叫作歡喜羅漢。」

「我的前世姓范!?」花麒麟有種五雷轟頂的感覺，手腳發麻。

「很多人到處求神問卜，尋找明師，花幾萬幾十萬，想要知道自己的前世，還是找不到或者找錯，花先生很幸運。」

「眞的啊？」

「范先生生前是很喜歡講笑話的人歐，修道很多年。」

「修道的人。」

「滿臉紅光，笑口常開，又會講道。」

「有修道的人。」

「他說凡是聽到的、看到的、吃到的、聞到的、摸到的，五感覺得快樂的，就是眞的歡喜。有范德池在的地方一定有笑聲，一定很熱鬧。大家看到他就很高興，婚喪喜慶一定要找范德池。」平頭男扳著手指數到五，一面說。

憨慢王爺搖搖頭。

王爺知道花麒麟覺得自己應該是紅孩兒投胎轉世的，三頭六臂，不應該是這尊羅漢。

「我翻給你看，這裡有范先生的族譜。」

平頭男子拿出一本書，瞇著眼，翻到了其中一頁，打開之後放到他的前面。

花麒麟低下頭讀了一下：

「范公德池，生於丙午年，卒於丙辰年，享壽七十一歲。業自耕農，身材高大，聲若洪鐘，早年頗嗜樗蒲，一度傾家蕩產，而後痛改前非。平日樂與人交，笑謔自如，頗有佛緣。妻胡氏……育有三子二女……諡曰：貞吉樂善。」

花麒麟感覺自己身體開始發冷。

這尊光頭的歡喜羅漢像，身材壯碩，表情豪邁，笑臉迎人，衣襟敞開，露出結實胸肌。

「花先生也是我們靈界中人。這樣講應該聽得懂。」

憨慢王爺又輕輕搖了搖頭。

「范先生也有舍利子，他們的家人請回去了，放在祖塔裡面。」

「這樣啊，沒有什麼感應咧，眞的是嗎？既然知道是這個人，那要怎麼辦？」

「知道就好了，不要去打擾范家的人，顧好這一尊就可以。」

「顧好這一尊？范家的人知道嗎？」

「太太知道。這是范德池生前的心願，要分一部分骨灰過來。」

「子孫不知道？」花麒麟慢慢平靜下來。

「不知道。」

「他的太太呢？」

「過身十幾年了。」

「子孫有來拜嗎？」

「沒有了，緣分了結了。」

「怎麼知道是我的前世？你們？」

「這是前面淨山壇靈乩降筆出來的，衆人親眼所見，姓名、地址、出生年月日都有。」

「淨山壇啊，眞的呀？」

「我們查了很久，到處打聽，再三確定，花先生住在奇珍市，溪洲里，父親……」

「可以了，可以了，你們打聽得很清楚。」

「不是打聽，這是南海觀世音降筆的旨意。」

「范德池，我是范德池。」

「緣分殊勝。」

「長得太不像了，做人太不像了。」

「轉世投胎，當然會有不同。」

「有人說他的前世是曹操，還有說是朱元璋、秦檜、袁世凱。」花麒麟想起很多人會說自己前世今生這類的事。

「江湖術士的話不能聽。」

「我有個朋友叫作藍精彩，他覺得自己是文殊菩薩投胎的。」

「文殊菩薩這裡也有啊！是一位老詩人，寫漢詩的。」

「哈！真的有人這樣想。他們的都是有名的人物，我竟然是平凡人。說實在的，我也想了很多次，想說前世到底是什麼人？怎麼會投胎轉世成現在的我。」

「大惑難解，要遇到名師指點、說破。」

「眞的是。」

「第一次見面會害怕。」

「眞的是！不可思議。」

「范德池是歡喜羅漢投胎的，花先生也是，這是不得了的事，百年難得一遇。」

「這個羅漢有他的骨灰，嗯。」

「確實的，還有拍照片，要看嗎？」平頭男子低聲說。

「不用了、不用了。」

「花先生是有大志的人，有靈有神，將來不得了。」

「喔。」

「既然知道了，最好來照顧，可以請回去家裡、祖祠、神明廳。若是不方便，就安座在這邊，我們照顧，很多人這樣做。前面好幾個羅漢都是大企業家，還有政治人物，我們有名錄，資料很完整。這是特殊的因緣，一般人是沒辦法達到這樣境界的。」

「這樣啊。」

「如果花先生發願將來建一間廟，請回去當主神當然是最好。花先生有這樣的心，一定可以成就大事業。」

花麒麟突然想起荼毘火化場，於是說：

「麵龜還在火化場嗎？」

「麵龜歐，七十多歲了，去年過身了。」

「眞的啊，這樣就麻煩了。」花麒麟驚嘆一聲。

「他的孩子阿勇牯接了他的工作。」

「這樣啊，有傳承到功夫嗎？」

「有，有傳給他，出師了。是有事嗎？我可以幫忙聯絡，我們是一起的。」

「一起的！沒有、沒有，還沒有。」

不久前許老仙交給他兩個小布包，並且囑咐自己和阿棟伯兩人要到荼毘火化場火化，要用最好的木柴慢慢燒，不能用現在的瓦斯焚化爐。火化時要把包裡的東西放在身上各處，這件事要找麵龜幫忙處理，這人才懂得箇中緣故。火化後要幫忙撿骨，看看剩下什麼。許老仙有交代兒子，事情辦好要給花麒麟一筆錢。

花麒麟不知道許老仙賣弄什麼玄虛，曾經打開那兩個布包來看，裡面竟然是一些漂亮的，看起來很珍貴的石頭。後來拍了照，用LINE傳給懂玉石的朋友，才知道是瑪瑙、玉珠、水晶石、榴石、綠松石等。

「如果知道了還不理會，自己會不好，家裡也會不好。」平頭男子說。

「禍延子孫。」

「不能這樣說，只是天意難測。」

「心很亂。」

「花先生放心，顧好自己的前世，福報無窮，有緣相識、相認，從此大徹大悟，人生至此改變。」

花麒麟睜大了眼睛，看看平頭男，再看看那尊歡喜羅漢。

「很多有緣的施主，相認後事業順利，飛黃騰達，升官發財，勢不可擋。」

憨慢王爺消失了，被附身的那尊沉思羅漢變回原來的模樣。

「如何相認？」

「要做一些法事。現在的儀式簡單多了，比起以前眞的簡單多了，我可以開一個單子給你參考。若是要請回去，還要另外的法事。」

「有一套ＳＯＰ。」花麒麟笑了笑。

「說實在的，降筆的旨意，我們不敢違背，事情沒有辦好，衆人也是心不安，還好終於找到你了。」平頭男子微微低下頭，眼神有點閃爍。

「你們也是發善心，做功德。」

「花先生了解。」

「有兩位老先覺有交代我做一些事，時候到了會來找你們。」

「凡事有因緣，成不成，好不好，說不定。玄心只是開個頭，點一盞燈，開一個善門。」

「是、是、是，感謝不嫌棄。」花麒麟笑了笑。

「我們這裡是正信的，拜的也是正神。」

「當然、當然，看就知道。玄心師也是得道之人，來這邊做這樣的場子，守在這裡，照顧那麼多神尊，確實不容易。」

「嗯。」

平頭男子沒有接話，偏著頭想了想，然後用狐疑的眼神看著他。

花麒麟走下小徑，開著車離開無影山，覺得自己要成爲神尊，將來還要建廟的想法突然消失了。

66 憨慢王爺裂了

在樂天宮，黃代書和柯鎮東約了他們見面，要談收購的事。

黃代書從公事包裡拿出幾張文件，整理好放在桌上，請大家看。

「你們的老厝怎麼解決？」阿棟伯一面喘氣一面說。

天氣炎熱，一支大風扇吹著，還是熱風陣陣。阿棟伯的印堂發青，鼻子兩側顏色暗黑，兩眼滿是水液和血絲。

「反正大家抗爭，我們也會跟著去，能多要一點補償就多要一點。」花麒麟聳聳肩。

「按照市價加四成，這個政府是要吃人嗎？算算沒有四十萬。」阿棟伯說，臉上的皺紋更深了。

「對啊，張經理出五十萬應該是合理啦。」黃代書推了推黑框眼鏡說。

「有公道，實在講。」柯鎮東附和，他還是穿著韓版T、牛仔褲，帶著討好人的笑臉。

「沒有三百萬免談。我知道你在二鄰那邊，跟林家買一坪十萬。」阿棟伯仰起頭斜睨著他們。

「他那個位置好啦，不能這樣講。」大億建設公司的張經理說。

這個經理年紀不大，穿整套黑色西裝，髮型是往後梳的油頭，裝扮有點像葬儀社的禮儀師，也和一位年輕的梅竹市長模樣很像。

「聽說簫又發已經去法院告你了，你看。」黃代書拿起手中的一張文件，面無表情地說。

「吃人夠夠啦！沒有關係，他們家很快就會出事情，我們的王爺已經下旨了，到時候你們看就知道，家破人忙不要怪我。」阿棟伯語調忽高忽低。

場面突然安靜下來，有點尷尬，隔了好一會兒。

「你們有擲筊嗎？請問過王爺？」張經理說。

「既然你這樣講，趁大家在場，要不要我們當場再來問一下？」阿棟伯說。

阿棟伯又要拿出那一對有磨過的筊來。花麒麟瞄了一下神龕上的憨慢王爺，又看了看旁邊的土狼狗，土狼狗咧咧嘴好像笑了。

憨慢王爺臉色不好，眼神混濁，姿態僵硬，感覺祂不太舒服。花麒麟想問阿棟伯早上吃藥了嗎？他最近常常忘記吃，有時吃了血壓的藥，忘了心臟的藥；吃了安眠藥，忘了攝護腺的藥。

「王爺、王爺。」花麒麟輕聲問了問王爺，但祂憋著嘴不做聲，不回應。

黃代書、張經理、柯鎮東三個人互相看了看。

柯鎮東開口了：

「張經理也是好意啦，希望讓這個事情圓滿，總是要商量，如果不來講也是可以，總是圓滿比較好。」

「是啦、是啦，王爺可以去媽祖廟，還是鏡照宮。阿棟伯年紀也大了，樂天宮沒有人接也是麻煩。」黃代書說。

「這是本宮廟的事不用你們管，你們要逼王爺，小心自己家裡也會有事。」阿棟伯聲音越來越小，但話的內容很刺激。

「話不是這樣講，我們知道王爺很靈感，大家都很尊重。」張經理說。

「眞的很尊重。」柯鎮東接著說。

忽然間，不知怎地「碰！」的一聲，聲音很大，大家都嚇了一跳，連在旁邊很注意聽的土狼狗也嚇了一跳，「哀」了一聲。

「這是什麼聲音啊？」柯鎮東四周看了看。

花麒麟沒有回頭，只是握緊了拳頭，心裡感到一陣陣發冷。

黃代書、張經理往神龕那邊看去。阿棟伯彷彿什麼也沒聽到，身體歪向一邊，很費力地說：

「不用管、不用管，今天喔，最後一次啦，你們還是不答應，以後不要來，反正老命一條，跟你們拚了！」

「這樣講不大好啦。」柯鎮東說。

「你們三個每個都撈得油通通，來這邊拐我、騙我，我一世人服侍王爺，你們要給我死，我也不會讓你們活。」

「經理你是不是要加一點，老人家眞的是辛苦了，這麼多年。」柯鎮東轉過臉對張經理說。

「加五萬好了，這是我最大的權力，我回去還要跟老闆交代，超過預算了。」張經理舉起左手掌，用三根手指梳梳他的油頭說。

阿棟伯臉色陰沉，忽然扶著桌腳，費力地站了起來。花麒麟也站起來，跟在身邊。他慢慢走到神桌那邊，微微顫抖地撿起一根香，用打火機點著，向王爺拜了拜，唸唸有詞，嘴角不斷抽搐。

三個人看著阿棟伯的動作，不知道要說什麼。

憨慢王爺左邊的臉，由脖子那裡出現一道很大的裂紋，剛才那個聲音就是突然裂開發出的聲音。

阿棟伯唸完，顫顫巍巍地要把香插回香爐，但似乎插不準，花麒麟趕快伸手幫他插進去。

阿棟伯面無表情地轉過身來，好像沒看到眼前坐著的三個人，拿起了帽子，步履蹣跚地慢慢走了出去。

柯鎮東抖著腿，舉起手，想說什麼又停下來。

花麒麟看了看土狼狗。土狼狗歪了歪頭，神情困惑。

阿棟伯往前走，似乎忘記了自己有騎摩托車來，車子就靠在牆角。

「現在是怎樣？」張經理皺著眉頭說。

「老番癲了。」黃代書點點頭說。

「嘖、嘖，怪怪，怪怪。」柯鎮東說。

「反正還有一、兩年才拆到這裡。」花麒麟說。土狼狗仰起頭看著他，輕輕搖著尾巴。

「好啦，以後再說啦。」柯鎮東攤攤手。

「就這樣了，還是法院解決了。」黃代書把手邊的文件資料收起來，放到公事包裡說。

「我也沒辦法。」花麒麟說。

三人站起身，陸陸續續離開了。

67 宮廟奇譚樂趣多

LINE響起來，花麒麟點開。是「夢影傳播公司」的訊息。

麒麟兄，接到你傳來的八篇訪問稿，我和編輯部的徐小姐讀過了，感覺很不錯。我們現在有個想法，準備重新編寫成一個十二單元的腳本，找兩位主持人去訪問你寫的寺廟和墓祠，初步定名爲「宮廟奇譚樂趣多」，然後跟電視公司遞案子。因爲要改成腳本，還需要你的參與，我們也會另外再找兩位編輯加入，你看如何？之前和你約定的訪問，如果可以就請繼續完成。改成腳本會另外付費。稿費已寄出，請查收。

藍精彩

花麒麟低頭回覆：

藍精彩，我要再想想，改成腳本很辛苦，不知道能不能勝任，也許找個team一起做比較好。過兩天會給你通知，應該會繼續訪問，我做出興趣來了。祝

新節目開播順利，收視大紅

花麒麟

「星座紫微」事業運勢說：「醞釀籌備的時間夠長——再一、兩個月即能品嚐辛勞的果實。」雖然只有兩顆星，但似乎很準確，是花麒麟期望的結果。

68 大仙墜落

「喂，是花麒麟先生嗎？」手機裡傳來一個男人的聲音。

「我是、我是，鄰長歐，鄰長好，有什麼指教？這邊的草我有自己去割了，照你的吩咐做了。」

「不是這個事。」

「怎麼了？」

「樂天宮的阿棟伯掉到水裡淹死了，剛才派出所打電話來。」

「什麼！怎麼發生的，現在人在哪裡？」

花麒麟把手機貼緊耳朵，怕聽錯了什麼。

「你要不要過來，在彼岸橋這邊，你知道齁？」

「好好好，怎麼發生的？」

「不知道，摩托車還沒找到，可能中風還是失神，掉到溪裡，漂到彼岸橋旁邊，有一位種菜的阿來嬸看到，把他鉤上來的。」

「騎車沒注意掉下去嗎？可能血壓不穩定，眞糟糕！」

「這個你比較清楚。」

「天啊，我馬上去、馬上去。」

「好，要趕快。」

花麒麟重重捶了一下桌子，嘴裡喃喃唸了一堆不知道什麼的話語。

這一陣子他去中部採訪，有兩、三天沒去樂天宮了。憨慢王爺自從上次臉部裂開後，幾乎也不太說話了，兩者的對話幾乎終止，只剩下片段……片段聽不清楚的雜訊。花麒麟還在想要如何處理這個裂痕，跟阿棟伯說了幾次，阿棟伯咿咿嗚嗚地不置可否，不過聽說有去找鏡照宮和媽祖廟，準備移過去，但不知道什麼原因，被拒絕了。

69 酒醉的心情

酒空伸出顫抖的手，把香氣濃重的五糧液倒進花麒麟和阿貴的酒杯裡。

「小心、小心，你漏出來了。」阿貴說。

「要說灑出來了，不是漏出來。」酒空說。

「隨便啦。」阿貴說。

「喝啤酒沒用，那個根本不是酒。」酒空用鼻子指指花麒麟買的一手啤酒說。

「高粱太烈，喉嚨會燒壞。」正拿手機和夢影公司老闆藍精彩說話的花麒麟插了一句。

「喝了啤酒一直尿。」阿貴說。

「你還尿得出來，我尿不出來。」酒空用手指按了手臂和大腿，皮膚凹陷下去，久久不能彈起來。

「腎有問題，你敗腎了。」阿貴說。

「你才敗腎，我還很翹，一夜五次郎。年輕都七次，現在老一點說五次。」酒空打開手掌比了個五。

「早點死掉比較好。」阿貴說。

「來、來、來喝五糧液，很貴，我告訴你，比阿貴還貴，一杯抵十杯啤酒。」酒空說。

「每個禮拜去三天？另外兩個跟我配合。」花麒麟放大聲音對著手機說。

「三天就好，另外兩個人跟你一起編劇。這兩個很有經驗，在三立跟八大待過，編過很多連續劇，旅遊節目也有經驗。」藍精彩說。

「去三天，每個月三萬。」花麒麟說。

「如果劇編出來，順利賣掉，還可以分紅；拍好的系列節目上映之後，收視率好也可以分紅。怎樣，還不錯吧？」藍精彩說。

「劇本還可以賣到中國大陸、韓國，對嗎？」花麒麟說。

「你滿內行的。懂太多不好，你就是太精明。可以來看看契約怎麼寫。」藍精彩說。

「明天早上十點是嗎？」花麒麟說。

「對，在這邊等你喔。」藍精彩說。

「好吧。」花麒麟說。

「冰淇淋，你不要一直講話，喝酒啦！」酒空說。

「人家有事啊。」阿貴說。

「你這個神像眼睛包紅布不對！我跟你講要包白布，包白布人家才會怕，才能嚇趁你不在家時進來的小偷。」酒空指著放在櫥櫃裡的一座木雕神像說。

「很奇怪耶，包白布。」阿貴說。

「你們不知道，旁邊木箱還裝了一條抹布、一個木碗，那才是眞正的寶貝。」花麒麟說。

「抹布？」

「那是大迦葉的金縷袈裟和銀缽盂。」

「什麼？」

「嗐！算了。」

「什麼跟什麼！」酒空不高興地說。

花麒麟拿起酒杯，猛地乾了一杯，然後臉孔皺了起來，伸出舌頭，呼口大氣。

「爽快！好久沒看到同學這樣喝酒。」酒空拍了一下大腿。

「有一個長輩介紹我去農會上班，我有一點想去。」花麒麟說。

「去農會做什麼工作？」酒空說。

「推銷農會生產的產品。」花麒麟說。

「你以前賣那個什麼騷夫人香檳的，賣很多，很有名。後來被抓，對不對？」酒空拍起手來。

花麒麟癟著嘴沒說話。

「也不錯啦，你不想去可以介紹我去。」阿貴說。

「爲什麼？」酒空說。

「有很多東西吃啊！農會很多東西耶，我去倉庫搬過東西，好多歐，很多賣不掉、壞掉，拿去丟掉，很可惜。」阿貴說。

手機又響了起來。

「麒麟兄你好。」

「喔，是鎭東兄，有什麼指教？」花麒麟說。

「你去偷歐？」酒空說。

「亂講！去打工的，和幾個大陸來的。」阿貴說。

「麒麟是最吉祥的獸類呢，你爸媽眞會取名字，給你取這麼好又好記的名字。」柯鎭東說。

「沒有啦、沒有啦。」

「又來了，事業做很大。」阿貴說。

「怎麼有這麼大聲的蟾蜍在叫。」酒空說。

門外樹叢間傳來咕呱、呱咕此起彼落的叫聲。

「好幾隻，剛才就在叫。」阿貴說。

「是這樣啦，聽說憨慢王爺的神像不見了，你知道放到哪裡去了嗎？」柯鎮東小心翼翼地說。

「聽說有安排好地方。」花麒麟說。

「這樣齁，我以爲被人家偷走了。現在很多人會偷神像去賣，街上發財車那種有沒有？說實在的，憨慢王爺的品相不大好，但是已經被人家拜了幾十年，又有很多神蹟，還是有人會想收。」柯鎮東說。

「我也是聽人家講說有安排，到底怎樣我也不曉得。」花麒麟說。

酒空和阿貴看看櫥櫃裡用紅布蒙著臉的神像。

花麒麟向他們擠擠眼，並豎起食指貼在嘴唇上。

「不知道聽誰說的齁？」柯鎮東說。

「叫這麼大聲不怕死。」阿貴說。

「牠就是要叫給其他蟾蜍聽的。」酒空說。

「等下去抓幾隻殺來吃，很簡單。」阿貴說。

「眞的啊？」酒空說。

「肚子挖一挖，頭砍掉，腳砍掉，煮湯不錯，要不要？」阿貴說。

「說得也是，喝烈酒，我們缺一點湯。」酒空說。

「嗯，那個幫忙泡茶的阿婆說的吧？」花麒麟說。

「阿婆我知道，臭耳人，歐！跟她講話要很大聲，牙齒剩沒幾顆，講話不清楚，都聽不懂她在說什麼。」柯鎮東說。

「她說客家話，很誠心。」酒空壓低聲音對阿貴說。

「因緣已經結束了啦，不用太執著。」花麒麟說。

「歐！麒麟兄好像是得道之人，講話很深喔。」柯鎮東聲音高了幾度。

「沒有啦，大家參考、參考。」花麒麟說。

「眞的很可惜啊，幾十年了，我很小的時候就拜祂的，前幾天走去那邊看，空空的，心裡感覺也很奇怪，我也是重感情的。」柯鎮東說。

「是歐，我已經很久沒去了。」花麒麟說。

「好啦，改天我再去拜訪你，跟你講話心情很好。」柯鎮東說。

「謝謝、謝謝。」花麒麟一面說一面按掉手機。

「冰淇淋你不要一直講話，喝酒啦。」酒空說。

「人家有事。」阿貴說。

「要檳榔嗎？」酒空說。

「來一口，來來。」花麒麟接過檳榔，塞進嘴裡。

「你不要？」酒空說。

阿貴搖搖頭。

「包白布可以歐，我這裡很容易被闖進來，上次對面花刑警家的桌椅被偷了，那些東西又髒又舊又有蟲蛀，竟然還有人要偷。」花麒麟臉脹得紅紅的。

「這裡只有吸毒的、小偷，還有鬼才願意來。」阿貴說。

「就是你這種鬼，現在連菸都不抽了，你還算是人嗎？」酒空說得義憤填膺。

手機又響了一聲，花麒麟還來不及反應，手機就被酒空搶走，放在一邊。

「先喝，喝掉再給你看。」酒空指著酒杯說。

花麒麟舉起酒杯，和著口中的檳榔，仰頭喝乾了酒。

「呦，這才像話。」

「敬你一下。」阿貴說。

兩人拿起酒杯又乾了一杯。

「沒有工作，我要回花蓮了。」阿貴說。

「又來了，一天說一百遍，等下去抓外面的蟾蜍。」酒空說。

花麒麟趁酒空沒注意，快速伸手拿過手機，點開剛才的訊息。是靈華寺傳來的短訊。

「我殺好你們要吃歐！」阿貴說。

簡訊上說：

麒麟施主你好

尊函敬悉，有關樂天宮王爺神尊移駕靈華寺一事，經本寺住持召開會議，共同研商，本寺以護持道法之名，原則接受施主所請，將先派相關人員前往了解，尚請協助相關事宜。以上

尚祈佛菩薩保佑

執事比丘尼明心　敬覆

花麒麟緩緩放下手機，看了櫥櫃中的神像一眼。不知道是檳榔還是酒精的刺激，他感到頭腦暈眩，眼內充滿了淚水，看不太清眼前事物。舉起酒杯，大聲地說：

「來來來，喝酒、喝酒啦！」

「我有點想要唱歌。」阿貴用哀傷的聲音說。

「唱、唱，不要老唱哭調仔，唱嗨一點的啦！」酒空說。

「你不了解我們。」阿貴說。

「狗屁不了解！原住民混得比我們好的多得是，政府補助那麼多，考試加分那麼多，我

都想當原住民了，我認你做乾爹好了。」酒空說。

「喝酒啦、喝酒啦，來來來。」花麒麟舉起酒杯大聲地說。

70 通天溪上的阿棟伯

日暮黃昏，夕陽一寸一寸靜靜落下。這天的太陽要死亡了，西邊的天空顏色變得赭黃、赤黃。

花麒麟騎著腳踏車，慢慢地踩踏，土狼狗Rocky跟在旁邊，伸著舌頭，喘著氣，步履沉重地跑著。他們經過水頭仔土地公廟，來到彼岸橋上，停了下來。

通天溪的水面閃爍著萬千暗金色波紋，花麒麟抬起手掌遮住雙眼，拉長脖子，像隻長頸鹿，望向遠方。忽然間，穿著白色對襟台灣衫的阿棟伯出現了，站在水面上和他們揮揮手。

花麒麟感到兩行熱淚從眼眶中滑了下來，也向阿棟伯揮揮手。

土狼狗朝阿棟伯吠了幾聲，焦急地跺著腳，花麒麟伸手在牠脖子下揉了揉，拍拍頭安撫。

在溪裡撈起來的只不過是他的臭皮囊，阿棟伯已經羽化登仙，入了仙籍，道號「大樂」，這是誰都知道的事。

不一會兒，阿棟伯的身影慢慢變淡，邁著沉重的步子，轉身離開，不久便消失了蹤影。水面上漂浮著碎碎的波光和水氣，彷彿什麼也沒發生過。

土狼狗在喉嚨間發出嗚嗚的聲音，花麒麟抬起手臂擦了擦眼淚，站在那裡好一會，眼淚乾了才偏過頭，拉著土狼狗緩緩走過彼岸橋。

他們來到已成空殼的樂天宮，憨慢王爺已經不在神龕上，這幾天連香爐也不見了。無影山「荼毘火化場」的阿勇牯說，他們也不燒柴火了，改用瓦斯爐，所以不會有舍利子，頂多只有一些易碎的舍利花。

到處都是鳥糞、紙張、香枝、菸蒂、酒瓶、安非他命的塑膠味、大小便的腥臊味，牆壁上還有人用紅漆、黑漆噴了一些字：「拆」、「神鬼不服」、「憨慢再見」、「明牌」，另外是些圈圈叉叉看不懂的鬼畫符。

那裝善書的櫃子竟然還好好的，只是被踢歪了方向，掉了幾本書下來，幾冊《苦海寶船》仍好端端地排在架子上，那些人懶得理會這些書。

鳥雀多了起來，聒噪不停。蝙蝠盤旋飛舞，追逐著大群大群的蚊蟲。

土狼狗瞇著眼、吐著舌頭、喘著氣，汗水滴在地上。花麒麟雙手扶著腰，靜靜地走了一圈。狗與人都沒說什麼。

《憨慢王爺》完

水泥

國家圖書館出版品預行編目資料

憨慢王爺 / 王幼華 著.
— — 初版.— —台北市：蓋亞文化，2024.06
面；公分.（島語文學；11）

ISBN 978-626-384-054-6（平裝）

863.57 112018090

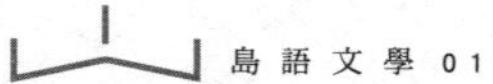

憨慢王爺

作　　者　王幼華
封面插畫　葉長青
裝幀設計　莊謹銘
責任編輯　盧韻亘
總 編 輯　沈育如
發 行 人　陳常智
出 版 社　蓋亞文化有限公司
地址：台北市103承德路二段75巷35號1樓
電話：02-2558-5438　傳眞：02-2558-5439
電子信箱：gaea@gaeabooks.com.tw
投稿信箱：editor@gaeabooks.com.tw
郵撥帳號 19769541　戶名：蓋亞文化有限公司
法律顧問　宇達經貿法律事務所
總 經 銷　聯合發行股份有限公司
地址：新北市新店區寶橋路二三五巷六弄六號二樓
電話：02-2917-8022　傳眞：02-2915-6275
港澳地區　一代匯集
地址：九龍旺角塘尾道64號龍駒企業大廈10樓B&D室
電話：+852-2783-8102　傳眞：+852-2396-0050
初版一刷　2024年06月
定　　價　新台幣370元
Published and printed in Taiwan

ISBN 978-626-384-054-6

本書獲 財團法人 國家文化藝術基金會 National Culture and Arts Foundation NCAF 創作補助

Gaea

GAEA